春風同心十手日記〈一〉

第一章　匂い袋

一

時は天保二年。江戸では伊勢《いせ》神宮への御陰参《おかげまい》りが大流行していて、今日も未明から旅立つ人が東海道《とうかいどう》を目指している。

世間のにぎわいがまるで嘘《うそ》のように静かな八丁堀《はっちょうぼり》の同心組屋敷では、夏木慎吾《なつきしんご》がくしゃみをして目をさました。

起き上がるや、布団の周りが桜色に染まっているのに気付き、ぎょっとした。

半開きの障子の隙間《すきま》から吹き込んだ冷たい風に頬をなでられて、身震いをする。

どうやら障子を開けたまま眠ってしまったらしく、庭の桜の花びらが風に舞い、入り込んでいたのだ。

毎年この時季は、油断できない。百坪の敷地に似合わぬ大きな桜が庭に陣取っているせいで、散りはじめると風に乗ってくるのだ。

曽祖父の代から夏木家にある桜であるし、隣からの苦情もないので伐《き》り倒すつもりはない。

「それにしてもまあ、今年はたくさん入ってくれたものだ」

墨染め羽織や着物に付いた花びらを手ではたいた慎吾は、ふと思う。

待てよ、ゆうべはどのようにしてここに帰ったのだ。

あれこれ考えたがさっぱり思い出せず、鼻がむずがゆくなってくしゃみをした。

腕組みをして天井を見上げ、ふたたび考える。

さる大店《おおだな》の祝い事のおよばれにあずかり、美味《おい》しい鯛《たい》の塩焼きに舌鼓を打ち、富士見酒のあまりのうまさに、たっぷりと酒を飲んだはず。

そこまで思い出した慎吾は、己の身体《からだ》を見た。

身なりは出かけた時と同じ、刀は寝床のそばに放り、帯には十手《じって》を差している。

また、くしゃみをした。

酔って障子を開けたまま布団もかけずに眠ったので、すっかり身体が冷えてしまったようだ。

「風邪をひいてしまったか」

手で肩と腕をこすった慎吾は、もう一眠りしようと決めて十手を刀掛けに置き、浴衣《ゆかた》に着替えた。障子を閉めて寝床に入ると、布団を頭からかぶって横になった。

廊下に足音がしたのは、一つあくびをした時だ。足音が誰のものか分かった慎吾は、またあくびをした。

障子が手荒く開けられ、

「まあ大変、旦那様、もう起きないと遅刻ですよ」

下女のおふさが遠慮なく中に入り、布団を剝《は》ぎ取った。

「旦那様、起きてください。旦那様ったら」

身体を揺すられて寝返りを打つと、

「あははぁ！　旦那様、どうしたのそのお顔」

おふさが指差して、大笑いした。

「なんだ？　おれの顔がどうした」

「鏡、ああ、腹が苦しい、鏡」

腹を抱えて笑うとはこのことだ。中年太りのおふさは、太鼓腹をさすりながらげらげら笑っている。

「なんだと言うのだ」

慎吾はだるい身体を起こして、手箱に手を伸ばして引き寄せ、鏡を出して顔を見た。

思わず二度見した慎吾は、目を見開く。

「な、なんだこの顔は！」

「あははは、ああ、ぐるじい、死ぬぅ」

おふさは立っていられなくなり、もだえながら笑っている。

ここまでどうやって帰ったかまったく記憶にない慎吾は、うろたえた。

鼻筋が通った細面《ほそおもて》で、八丁堀の同心にしては穏やかな表情をしている、などと言われて悪い気がしていない慎吾は、千鳥足で町を歩く己の姿を想像し、身の毛がよだった。

やっと落ち着いたおふさが、うろたえている慎吾に言う。

「さては旦那様、芸妓《げいぎ》でも怒らせましたね。酷《ひど》いいたずらされて」

おふさが言うとおり、酷い面《つら》だ。

頬紅、口紅まで塗られた顔は、人を笑わせる芸人顔負けの不細工さ。

「そのお顔で、いったいどこからお戻りになられたのです？」

慎吾は首の後ろをさすった。

「まったく覚えておらぬのだ」

「あれまぁ」

呆《あき》れ顔のおふさは一旦下がり、化粧落としを持ってきてくれた。

「何年も使っていないから、落ちるかどうか」

化粧っ気がないおふさはそう言って向き合ったものの、あまりの不細工さに、笑いを必死にこらえて涙目になり、時々吹き出しながら顔を拭いてくれた。

化粧がすっかり落ちたと言うので、顔を洗いに立とうとしたが、おふさに腕を引かれて座らされた。

「旦那様、熱がありますよ」

肉づきのいい手をおでこに当ててくる。

今年四十五になるおふさは夏木家の下女であるが、亡き母とは友達のような仲だった。子がいないため、慎吾を我が子のように思っているらしく、三年前に母が他界してからは、何かと自分の息子のように心配してくれる。

「うん、やっぱり熱があります」

「たいしたことはない。二日酔いのせいだろう。それより飯の支度を頼む。遅れたら上役がうるさいからな」

「無理をなさってはいけません旦那様。熱がありますから、今日はお休みになってくださいい。ひきはじめにご無理をされますと、長引きますから」

まだ酒が残っているようだし、ここ数日事件もない。

「では、そうするか」

おふさはうなずいた。

「玉子のお粥《かゆ》を調《とと》えてまいりますから、横になってお待ちください」

「うん。頼む」

「作彦《さくひこ》さんには言っておきますね。ああ、それから、桜はそのままにしてください。

「後で掃除します」

おふさが言いながら部屋から出ていくと、慎吾は桜の花びらを払って布団にもぐり込んだ。

どれほどまどろんだか、

「旦那様、旦那様っ」

自分を呼ぶ声に気付いて目を開けた。

外障子に、大きい影と小さい影が映っている。

大きい影が、小さい影を指差す。

「ちょいと作彦さん、旦那様は熱で寝てらっしゃるって言ったでしょ。何度言わせるんです」

「わかっているけど、お耳にだけは入れないとだめだ」

おふさが止めるのも聞かずに、中間《ちゅうげん》の作彦がそっと障子を開けた。

今日は休むと決めている慎吾が、背を向けて寝たふりをしていると、

「旦那様ぁ」

作彦が遠慮がちな小声で、

「たった今、五六蔵《ごろぞう》親分から知らせが来ました。深川《ふかがわ》で、殺しですよぉ」

呼び起こすようにささやく。

殺し……、だと？

慎吾は、わっと起き上がった。

「殺しと言ったか！」

大声で訊《き》くと、作彦がぺこりと頭を下げた。

「どこで」

「深川伊沢町《いざわちよう》の義三長屋《よしぞうながや》だそうです」

「おれの受け持ちじゃねえか」

「はい。たった今、五六蔵親分のところの伝吉《でんきち》が知らせてきました」

「伝吉は帰ったのか」

「いえ、表で待っています」

「わかった。すぐ出ると言え」

慎吾は浴衣を脱ぎ捨て、縞《しま》の着流しに墨染めの紋付を着けると、愛染国定《あいぜんくにさだ》の脇差《わきざし》と、刃引きした同心刀《どうしんがたな》を帯に差し、十手をねじり込んで気を引き締めた。

北町奉行所定町廻《じょうまちまわ》り同心の誇りにかけて、人を殺《あや》めた下手人を捕まえる。

きりりと顔を上げ、

「よし、行くぜ」

足早に玄関に行こうとする慎吾へ、

「旦那様、お粥」

膳を持って言うおふさ。

慎吾はおふさに歩み寄り、膳から茶碗《ちゃわん》と箸を取って立ったまま食べた。

しそと梅干しを細かく刻んで混ぜてあるお粥は、熱が出ると必ず作ってくれる味。

絶妙の塩加減が食欲をそそるが、時間がない。

慎吾は半分残して、茶碗と箸を膳に置いた。

「旨《うま》かった。行ってくる」

「お熱があるのですから無理はいけませんよ」

「こんなのは、たいしたことじゃない」

慎吾は笑って言い、表に向かった。

二

木戸門を出ると、着物の裾を端折《はしょ》り、水色の股引《ももひき》を穿《は》いた伝吉が待っていた。

「旦那、おはようござんす」

「うむ」

「詳しいことは道々言いやすんで、兎《と》にも角にもお急ぎを」

「わかった。作彦、行くぞ」

「はい」

「伝吉、奉行所には知らせたのか」

「向かわせておりやす」

慎吾は歩きながら、伝吉に顔を向けた。

「殺されたのは長屋の者か」

「へい、竹三《たけぞう》という男で」

「聞いたことがある名だな。悪い噂《うわさ》だ」

「へい。五六蔵親分も手を焼くほどの、どうしようもねえ飲んだくれです。と申しましても、罪らしい罪を犯したわけじゃござんせんので、お縄にしたことは一度もありやせんが」

おおよそのことを聞きながら、霊岸島新堀《れいがんじましんぼり》に架かる豊海橋《とよみばし》を越え、船手番所の前を通って永代橋《えいたいばし》を渡りはじめた。

右手に石川島《いしかわじま》を遠望しながら長さ百二十間《けん》の永代橋を渡っていると、冷たい海風が吹いてきて、火照《ほて》った顔に心地いい。

川を見ていると、作彦が顔をのぞき込むように前に出てきた。

「旦那様、お顔が赤いですよ」

心配しているのかと思いきや、にやついている。

「なんだ？」

「いえ、ゆうべは大変でございましたね」

慎吾は立ち止まった。

「お前、ゆうべのことを何か知ってるのか」

「はあ？」

「何も覚えておらんのだ」

「まさか、あれだけの騒ぎをお忘れで？」

なんだかいやな予感がしてきた。

騒ぎとは何かと訊くと、作彦が唖然《あぜん》とした。

「島屋《しまや》の女将《おかみ》さんと申し上げても、思い出せませんか」

慎吾は固唾《かたず》を飲んだ。

「まさか、おれの顔に白粉《おしろい》を塗って悪さをしたのは島屋の女将か」

作彦はきょとんとした。

「旦那様、女将に白粉を塗られたので？」

どうやら知らないようだ。

「いや、なんでもない。忘れてくれ。それより騒ぎとはなんだ。おれは何かやらかしたのか？」

「旦那様の一言で女将さんが怒ってしまって、大騒ぎになったじゃないですか。ほんとうに、覚えてないのですか？」

「うむ、真っ白だ。おれはいったい、何を言って怒らせたのだ」

「女将さんの前で女中が可愛《かわい》いだのべっぴんだの言うものだから、へそを曲げられたんですよ」

「はは、一言じゃないらしいや。旦那、お急ぎを」

伝吉が落ち着かない様子で口を挟んできたが、慎吾は首をかしげる。

「思い出せん」

そう言って歩みを進めると、作彦が追ってきた。

「またぁ、おとぼけに。島屋のおこんのことですよ」

慎吾はぎょっとして、また立ち止まった。急いでいた伝吉が背中にぶつかって、鼻を押さえている。

慎吾は訊かずにはいられない。

「おこんのことを可愛いと言ったのか」

「はい」

「おれが？」

「はい、なんべんも」

「…………」

「旦那、でえじょうぶですかい。顔が真っ赤ですぜ」

伝吉がにやけているものだから、慎吾は顔から火が出るほど恥ずかしくなった。

「熱だ、熱が出てきた。急ぐぞ」

誤魔化してまた歩きはじめたが、どうにも心配になって訊いた。

「おれは、そんなに酔っていたのか」

「はい」

「お開きはどうなったんだ。おれはどうやって八丁堀に帰った」

「旦那様が先に帰れとおっしゃいましたから、その後のことは知りませんけども、わたしが思いますに、旦那様に化粧のいたずらをしたのは、辰巳《たつみ》芸者の姐《ねえ》さんがたではないかと」

「芸者がどうして悪さをするんだ」

「昨夜は、島屋が相川町《あいかわちょう》にすし屋を出して五年目を祝う席に招かれましたでしょう。旦那様は振る舞い酒にお酔いになられて、おこんのことを口にしてしまわれたんです。気持ちはわかりますよ、おこんは誰もが認める小町《こまち》娘でございますから。でも旦那様、女将の前で口にされたのが悪うございました」

伝吉が作彦に不思議そうな顔を向ける。

「どうしていけねぇので？」

すると作彦が、伝吉に耳打ちした。

「女将のおとせが旦那様に想《おも》いを寄せていることを知っている辰巳芸者の姐さんたちが、おとせが可哀《かわい》そうだとしきりに言ってましたから、旦那様が酔い潰《つぶ》れて眠られた時に、顔にいたずらをしたんじゃないかと」

「まさかぁ。いくらなんでも、そんなことしますかね」

言った伝吉が、

「いや、するな。島屋に出入りの姐さん方は、怒らせると怖いから」

すぐに納得した。

何を言われても思い出せない慎吾は、

「島屋には当分顔を出さないほうがいいな」

そう決めて、先を急いだ。

三

加賀町《かがちょう》から一色町《いっしきちょう》へ架かる幅二間、長さ十間の緑橋《みどりばし》を渡り、魚屋の角を左に曲がって、義三長屋に続く裏路地を歩んだ。

住人の名札が掛けられた木戸を潜《くぐ》り、ところどころ歯抜けのどぶ板を踏み外さぬように、気をつけて長屋の奥に行く。すると、部屋の軒先に自身番の小者が立ち、のぞこうとする野次馬に小言をくれて、近づけないようにしていた。

「ちょいと通してくれ」

慎吾は、ひそひそ話をしている住人のあいだに割って入り、小者が頭を下げるのに軽く手を挙げ、竹三の家に入った。

二畳ほどの狭い土間に入るなり、異臭がつんと鼻をつく。右手にある台所の洗い桶《おけ》の中には食器が乱雑に放り込まれていて、水桶はひっくり返っている。

その水桶の傍《そば》に、足を入り口に向けて竹三が横たわっていた。

端折った着物の裾に見える水色の股引の色が変わっているところを見ると、どうやら失禁したようだ。

「旦那、ご苦労様です」

戸口からした声に振り向くと、五六蔵が頭を下げた。

渋い顔の五六蔵にうなずいた慎吾は、ほとけのそばにしゃがんだ。はだけた藍《あい》染めの着物からのぞく胸には、刃物が刺さったままだ。台所の包丁差しには、菜切り包丁があるのみ。

「ここにあった出刃包丁で心の臓を一突きか」

そう言いつつ、ほとけを見る。

「争った様子もないところをみると、身内か、手練《てだれ》の仕業《しわざ》だ。どう思う」

振られた五六蔵が、腕組みをした。

「なんとも……」

「ほとけのことを知ってるんだろう?」

「へい」

「人付き合いはどうなんだ」

「前は真面目に木場で働いておりやしたが、いつしか酒におぼれてしまって、毎日家にいるようになりましてね。手前がいくら諭しても言うことを聞かず、あげくに借金と暴力で女房を泣かせるようになってからは、周りとのいざこざも絶えなくなっておりやした」

「ほぉう」

慎吾はほとけをじっくり見た。

包丁が刺さっている胸からの出血は少ない。目を開けたまま、口を半開きにして天井を見つめている。

月代《さかやき》が伸びた額には、血が滲《にじ》むほどの打撲の傷があった。

「何かで殴られて気を失っている時に、胸を一突きされたのだろうか」

慎吾の推測に、五六蔵が応じる。

「あるいは倒れた時に、どこかに打ち付けたかですね」

「この包丁は抜かずに、そのまま運んでくれ」

「へい」

「家の中は調べたか」

「いえ、これからで」

「手がかりになる物があるといいんだが」

「調べてみやす」

五六蔵が、慎重に足下を見ながら六畳間に上がった。

慎吾は土間から部屋を見回す。

六畳一間の長屋に押入れはない。

「きれいに片付いているな」

慎吾の声に、五六蔵が振り向く。

「貧乏暮らしで物がないだけですよ」

「そうか？　畳はささくれ立ってもいないし、ちり一つ落ちておらぬぞ。女房が掃除をしているんだろう。そういや、女房はどこにいる」

「さあ、来た時にはいませんでした」

五六蔵は女房のことを疑っていないらしく、軽い口調で言い、部屋を調べている。

狭くて片付いた部屋だけに、これといった怪しい物がないことは、すぐにわかった。

慎吾は部屋の外障子を示す。

「裏庭を調べてみな」

「へい」

外障子を開けて裏庭に出る五六蔵から目を離した慎吾は、刀の柄《つか》を持って身をかがめ、ほとけの周りをくまなく調べた。

下手人に繋《つな》がる物が落ちてやしないか見ていると、干からびた青菜が入ったままの笊《ざる》の後ろに、赤い布でこしらえた小さな袋を見つけた。

手にとってみると、甘い香りがする。

竹三の女房の物なのか、女物の匂い袋だった。

ふと、戸口のほうを振り向くと、野次馬の中にいる若い女と目が合った。

慌てたように目をそらして立ち去ったのを追って出ると、女はすぐ近くの腰高障
子を開けて中に入ったので、逃げたわけではないようだ。

目の前にいる長屋の連中に訊く。

「この中に、怪しい者を見た者はおらぬか。小さなことでもいいから教えてくれ」

「さあ、気付きませんでした」

答えた中年の男の横にいた女房が、三十代と思《おぼ》しき女に言う。

「おたかさん、あんたどうだい？　隣だろう」

するとおたかは迷惑そうな顔をした。

「一つあいだが空いてるから、隣じゃないです。でも争う声はしていましたよ」

「争っていた者を見たか」

慎吾が訊くと、おたかはかぶりを振った。

「いつものように酔っ払って騒いでいるだけだと思ったから、出てまで見ませんでした」

「竹三は、そんなに酒癖が悪かったのか」

「ええ、それはもう。毎晩毎晩大酒を飲んで、酔っ払って暴れていました」

おたかに続き、中年の女房が口を開く。

「人んちの物を蹴散らしたり、壁をたたいたりと、それはもうひどくって。両隣と向かいの人は我慢できなくて、引っ越したんですから」

「ふうん」

「とにかくろくな男じゃないからさ、誰に殺されたっておかしくないよう」

慎吾は渋い顔をした。

「そいつは一番聞きたくない言葉だ。みんなが下手人に見えてくる」

中年の女房が、きょとんとした。

おたかが言う。

「旦那、よしとくれよう」

慎吾が薄い笑みを浮かべて訊く。

「引っ越した者は、酷く恨んでいる様子だったか」

「いいえ。引っ越す気になったおかげで、ここよりいい家が見つかったって、嬉《うれ》しそうに言っていましたから、殺すほど怨《うら》んではないと思いますよ」

「そうか……」

慎吾は皆の顔色をうかがった。見る限りでは、怪しげな者はいない。

先ほどの、中年の女房が言う。

「旦那、ほんとうに、あたしたちを疑っているんですか」

慎吾は笑った。

「気を悪くするな。誰がやったかわからない時は、近くの者から疑うのが常だ。やましいことがないなら、堂々としていろ」

するとその女房は、ああ安心した、と言って笑った。

家から出てきた五六蔵が、慎吾と話していた女房に声をかけた。

「おせい、竹三の女房の姿が見えねぇが、どこにいる」

「出ていっちまったよ」

「何！　出ていっただと！」

「そうだよ」

「そいつはいつのことだ」

「さあ、もう一月《ひとつき》になるかねえ」

おせいが振り向き、長屋の女房たちに確かめるように言うと、おたかと女房たちはうなずいた。

おたかが言う。

「あの暴力亭主だもの、逃げて当然ですよ。親分さんもそう思いません？」

「まあ、そうだな」

慎吾が訊く。

「おい五六蔵、竹三が女房に暴力をふるっていたことを知っていたのか」

「へい」

「暴力は立派な罪だ。知っておきながら、どうしてしょっ引かなかったんだ」

「あっしもそうしたいところでしたがね旦那、その場を見たわけじゃないし、女房をはじめ、ここの連中は誰一人訴えないものですから、しょっ引く口実がなかったのですよ」

五六蔵が不服そうに、住人たちを睨《にら》んだ。

「おめえたちが見て見ぬふりをしやがるから、こんなことになるんだぜ」

「だって親分さん、後の仕返しが怖かったんだもの。そんなに怖い顔で見ないでくださいよう」

おせいが言うと、女房たちも賛同してうなずいた。

おたかが負けん気の強そうな顔をする。

「そうですよ親分さん。竹三さんを捕まえても、百たたきの刑ぐらいだって言ったじゃないのさ。それで帰されたんじゃ、訴えたあたしらが何されるかわかったもんじゃないから、怖くて言えませんよ」

「まあ、お前たちの気持ちもわからねぇことはねぇがよ」

女房連中の迫力に、五六蔵はたじたじだ。

慎吾が女房たちに訊く。

「竹三の女房は、今どこにいるんだ」

「さあ、知らないねぇ」

答えたおたかに、慎吾は続ける。

「正式に離縁したのか」

おたかは首をかしげた。

「どうでしょう。竹三さんは、そうは言っていませんでしたけど。ねえ、そうでしょおせいさん」

「そうそう、竹三さんたら、必ず見つけて連れ戻してやるって、凄《すご》い剣幕だったもの」

「なるほどな」

慎吾は考え、五六蔵に言う。

「女房を捜してくれ」

五六蔵は、気が乗らない様子だ。

「旦那、ひょっとして、女房を疑ってらっしゃるので？」

「決めつけてはいないが、一応、話を聞こうと思ってな」

するとおせいが、細い目を吊《つ》り上げ、顎《あご》を突きだして詰め寄った。

「ちょいと旦那、お上のことに口出ししたら怒るかもしれませんがね、おくにさんは人を殺めるような人じゃありませんよ。誰がなんと言おうとね、それだけは、このみんなが証人です」

慎吾が見まわすと、皆そうだそうだと口々に言ってうなずいた。

おたかが言う。

「おくにさんは、みんなにとっても優しくしてくれて、亭主に殴られても、文句一つ言わずに耐えていたんだから。ねえ、おせいさん」

「そうそう、あんなに辛《つら》い目にあっても、あたしらには笑顔を見せて……思い出しただけで涙がでるよう」

慎吾は首の後ろをなでた。

「へえ、そうかい」

「そうだよ旦那、天地がひっくり返っても、おくにさんじゃないからね」

「うぅむ」

「これだけ言っても、まだ疑うんですか」

　驚くおせいに、おたかが続く。

「旦那、冗談じゃないですよ。おくにさんにお縄をかけたら、あたしたちが承知しませんからね」

「まあそう言うな。下手人じゃないというはっきりした証拠がない限りは、一応、調べなければいけないんだ」

「そりゃ、旦那のお立場はわかりますけど」

「おせい、物分かりがいいな。みんなが信じるおくにをおれも信じたい。そこで、人となりをもう少し、詳しく教えてくれないか」

　渋る女房連中に、慎吾は手を合わせた。

「な、頼む。こういうことは早めにはっきりさせておかないと、手柄を焦る他の同心が竹三の女房を真っ先に疑い、しょっ引くかもしれないからな」

「冗談じゃないよ」

「そう、冗談じゃない。だから教えてくれ」

そんなことがあったらいけないという女房たちは、途端に態度を変えて、詳しく教えてくれた。

四

女房のおくにが、竹三の暴力から逃れるために家を出たのは一月ほど前、ある日突然、姿を見なくなったという。

竹三が酒におぼれるようになったのは、それよりさらに前で、年が明けてすぐの頃だったらしい。

仕事にも行かず毎日朝から酒を飲み、外に出て人を見れば、肩が触れただの、人を見くだした目つきが気に入らないなどと難癖をつけては喧嘩《けんか》をし、荒れに荒れていた。

話を聞いた慎吾は、首をかしげた。

「おせいが言うことは確かなのだろうが、どうもわからぬ。竹三はいったい、何が気に入らないから酒に逃げたんだ？」

「それがあたしたちにもわからないんですよ。あれほど仲のいい夫婦だったのに、いったい何があったんだろうって、心配してたんですから」

慎吾は驚いた。

「ちょっと待て。仲が良かったのか」

「ええ、そうですよ。酒癖が悪くなる前は」

「おくには、竹三が変わってしまったことについて、何も言ってなかったのか」

これにはおたかが答えた。

「あたしたちが何を訊いても、今に元の優しい亭主に戻るって、笑って誤魔化すばかりでした」

「ふうん」

「旦那、おくにさんは愛想を尽かして逃げたんだ。そんな者が、わざわざ戻って亭主を殺すかね。見つかれば獄門だよ」

そばで聞いていたおせいの亭主がそう言うと、おたかが賛同する。

「あたしだったら、二度と近づかないですよ。せいせいして、気楽に暮らすでしょうね」

妻がいない慎吾は、首をかしげた。

「おたか、そんなもんなのか、夫婦というのは」

「相手によりますけどね」

慎吾は自分に置き換えてみたが、夫婦というのは想像がつかない。

「所帯を持つというのは、難しそうだな。一緒にならないと、相手のことがわからないものな」

おたかが大きくうなずく。

「まったくですよ。頼りないと思っていた亭主が、子供ができた途端にしっかりして楽をさせてくれたっていう人がいれば、竹三さんのように、真面目でよく働く人だと思っていたら、大酒飲みの荒くれ者になって暴力をふるわれたっていう人もいるんですから」

そんな話を真面目に聞いていると、一人の大工が仕事道具を取りに帰ってきた。

朝早くから仕事に出かけていたらしく、

「なんだ？　何かあったのかい」

騒ぎに驚きながら、長屋の路地を歩いてくる。

「お前さん、竹三さんが殺されたんだよう」

大工は女房に言われて、仰天した。

「それじゃ、あの声……」

「あんた、何か知っているのかい」

女房に言われて、大工は何か言った。

見ていた慎吾が五六蔵を促すと、応じた五六蔵は声をかけた。

「おい寛治《かんじ》、声がどうした」

寛治と言われた大工は、女房と話すのをやめて駆け寄る。

「夜中に小便がしたくなって、路地の奥にある厠《かわや》で用を足していたんですがね、そん時、女の悲鳴がしたんです」

「何、女の悲鳴だと」

「へえ」

「竹三の家でか」

「たぶん」

「それでおめえ、知らん顔したのか」

「おれも江戸っ子だ。するわきゃねえやな親分」

「じゃあどうした、悲鳴をあげた女を助けたか」

「それがね親分、あっしはてっきり、女房に逃げられた竹三の奴《やつ》が女を連れ込んで悪さをしたにちげぇねぇから、とっちめてやろうと思ってすりこ木を取りに戻って出たら、嘘のように静かになっちまってたんです」

しゃべる寛治の袖を女房が引き、口をとめた。

「親分さん、この人の言うことはあてになりませんよ。ゆうべは深酒をして酔ってましたから、きっと寝ぼけてたに違いないんです。あんた、下手《へた》に口出しして、夏木の旦那や親分さんの邪魔するんじゃないよ」

「いんにゃ、おれは確かに聞いた」

「今朝はそんなこと言ってなかったじゃないのさ」

「そりゃおめえ、そんときゃ空耳だと思ったからよ。まさかこんなことになっちまってるとは思わねえし」

慎吾が歩み寄る。

「おい寛治、悲鳴は間違いなく、竹三の家のほうからしたんだな」

寛治が口を尖《とが》らせた顔で振り向いた。

「そうさよ、旦那。だからとっちめてやろうと思ったんだ」

「それが、すぐ静かになった」

「へい」

慎吾は十手を抜いて、肩に当てて考えた。

「五六蔵、どうでも女房を捜し出してくれ」

「承知しやした。伝吉、松次郎《まつじろう》と捜せ」

「合点承知」

伝吉は慎吾に頭を下げ、路地から走り去った。

慎吾は住人たちに向く。

「みんなありがとよ。家に入ってくれ」

大工の寛治やおせいたちは応じて家に帰ったが、野次馬はまだいる。

慎吾がその者たちの顔を見る限り、怪しい仕草をする輩《やから》はいなかった。

「五六蔵、すまんがほとけを番屋に運んでおいてくれ」

「へい。旦那は、どちらへ」

「ちと、気になることがある。作彦」

「はい」

「おめえは奉行所に知らせろ。今のところ人は足りてるから、助けは無用と伝えてくれ」

「承知」

北町奉行所に走る作彦を見送った慎吾は、あとを五六蔵にまかせて長屋の路地を出ると、町の聞き込みをはじめた。

まずは長屋に近い商家を訪ね、あるじや奉公人たちに訊いてみたが、物音すら聞いていない。

そのうちにも、ほとけを戸板に載せて運ぶ小者と、五六蔵が路地から出てきた。

野次馬たちは解散していき、長屋の路地に人気《ひとけ》がなくなった。頃合いを見ていた慎吾は路地に戻り、家の前に立った。竹三の骸《むくろ》を調べていた時に、目が合うと同時に立ち去った、若い女の家だ。

腰高障子に影が映っているだろうが、女は息を殺しているのか、中からは物音一つしない。

「ちょいと邪魔する」

慎吾は返事を待たず、腰高障子を開けた。

座敷から下りてきた若い女が、慎吾を見て驚くわけでもなく、神妙な面持《おもも》ちで頭を下げた。

「北町の夏木だが、ちょいと話を聞かせてくれ」

「はい」

「入ってもいいかい」

「どうぞ、今お茶を」

「お構いなく。すぐ終わる」

慎吾は言いながら、それとなく家の様子をうかがった。障子を開けた時に匂った甘い香りが気になったからだ。

病人がいるのか、目隠しの枕屏風《まくらびょうぶ》の向こうには床が敷いてあり、家の者が寝ているようだ。

「お前さん、名は」

「いくといいます」

「おいくさんか。仕事は何をしてるんだい」

「今川町《いまがわちょう》のお医者の、久安《きゅうあん》先生のところで女中をしています」

「今川町の久安といえば、ちょいと名が知れた先生だ。そうか、あそこで働いてるのか」

「はい」

うなずくおいくの口角は上がり、桜色の唇が優しさを感じさせる。

「いつからだい」

「もう三年になります。やはりお茶をお出しします」

おいくは台所に置かれている七輪の前に座って鉄瓶を取り、手早く茶を淹《い》れて出してくれた。

「すまぬな」

湯飲みを受け取り、熱いのを一口すすった。

旨《うま》いと言って顔を上げると、おいくがじっと見つめるので、

「うん?」

訊くと、

「お役人様、お具合が悪いのではございませんか」

ぴたりと言い当てた。

「すまん、風邪をうつしちゃ悪いから、外へ出ようか」

慎吾が枕屏風の向こうに気を遣うと、

「おとっつぁん、ちょっと出てきますからね」

おいくは風邪を嫌ったか、それとも話を聞かせたくないのか、先に外へ出た。

「ここじゃ人目がある。団子でも食いながら話そうか」

「いえ、ここで結構です」

「そうか。では、ゆうべ竹三の家の様子で、何か気付かなかったか」

「いえ、何も」

「女の悲鳴を聞いた者がいるんだが、お前さんは聞いていないか」

「はい。聞いていません」

即答するおいくが妙だと思った慎吾は、袖口から匂い袋を出して見せた。

「こいつに見覚えはないか」

慎吾は、ほんの一瞬だけ、おいくが目を見開いたのを見逃さない。

「お前さんの家の中で、こいつと同じ匂いがしたんだが」

探る眼差《まなざ》しを向けると、おいくは慎吾の目を見て微笑《ほほえ》んだ。

「家の匂いの元は、どこにでも売っている物です。父親が病で寝たきりですから、少しでも家の中をいい香りにしてあげたいと思って買った物で、匂い袋の物ではありません」

きっぱりと言いきるので、

「そうかい」

と言って、慎吾も微笑み、袋を袂《たもと》に収めた。

頭を下げて家に入ろうとするおいくに、

「ほんとうに、悲鳴を聞かなかったんだな」

念を押すと、

「はい、何も聞いていません」

おいくは言い、家に入って戸を閉めた。

邪魔したな、と礼を言いそびれた慎吾は、苦笑いをして、立ち去った。

家の中では、閉めた障子を背にしたおいくが、緊張した面持ちで目を閉じている。

「おいく、誰が来ていたんだい」

枕屏風の奥から病床の父親が訊くと、

「なんでもないのよ。お腹《なか》すいたでしょう。いまお粥さんを作るから」

おいくは明るく言い、支度にかかった。

五

「旦那、そいつは臭《にお》いますぜ」

油堀《あぶらぼり》のほとりを歩いて一色町の自身番屋に行くと、五六蔵においくのことを話した。

話すなり、おいくが怪しいと睨《にら》む五六蔵だが、慎吾はどうも、違うような気がしていた。

「匂うか」

「ええ、ぷんぷん臭います」

「そうだろう、おんなじなんだよなぁ、これと」

慎吾が袂から匂い袋を出して嗅ぐと、五六蔵が苦笑いを浮かべた。

「旦那、その匂いじゃありませんや」

「あっしが調べてみましょうか」

買って出たのは、松次郎を探索に走らせて戻っていた伝吉だ。

この男は足が速く、迅速な伝達が取り柄。

足が速いだけに身体も細く、華奢《きやしや》な優男《やさおとこ》ということもあって女にもてる。もてるはいいが思い上がりが強いところが、玉に瑕《きず》。

そんな伝吉が、盆に載せた茶を慎吾に差し出して、

「親分、おいくのことは、あっしにまかせてください」

全部調べますよ、と、意味深げなことを言うものだから、五六蔵に睨まれた。

「馬鹿野郎、おめえには竹三の女房を捜せと言ったはずだ」

「そっちは松の兄貴がはじめてますから、すぐに見つかりますよ」

「松次郎一人ですぐに見つかるもんかい。ったく、若い娘がからむとすぐこれだ。お上《かみ》の御用にかこつけて、おいくを口説《くど》くつもりだろうが」

「何をおっしゃっているやら親分。いくらなんでも、下手人の疑いがある女には手を出しませんや。びしっと調べて見せますよ」

「だめだめ、おめえは竹三の女房だ」

「ちぇっ、つまんねえや」

「なんだと！」

「手柄を挙げようと思っただけですよ」

「ずいぶん自信があるようだな、伝吉」

慎吾が訊くと、伝吉は大真面目な顔を向けた。

「匂いですよ」

「うむ？」

「この甘い匂いですがね、おいくは確かに、どこにでも売っていると言ったんで？」

「ああ、言った」

「そこですよ、あっしが引っかかるのは」

「どういうことだ」

「匂い袋をちょいと拝借」

慎吾が渡すと、伝吉が嗅いだ。

「まちがいねえ。旦那、こいつは、日本橋の西京屋《さいきょうや》で売っている香の匂いです」

「西京屋？」

「人気の小間物屋ですがね、高級品ばかりを扱うので有名で。これだって、袋からして西陣織ですよ」

「へえ、これが」

慎吾は、伝吉から戻された袋を手に取って眺めた。

赤い生地の織物で、小さな牡丹《ぼたん》の模様が美しい。

「西京屋か。初めて聞いた」

「そりゃ旦那、有名といっても辰巳の姐さんや大身旗本の姫さんたちのあいだのことで、庶民には縁のない店ですから」

「なぁるほど」

慎吾は納得したが、五六蔵は鬼の形相《ぎょうそう》だ。

「馬鹿野郎、それじゃおめえ、まるで旦那が庶民みてえじゃねえか」

「わ、こりゃとんだことを」

慌てる伝吉に、慎吾は笑った。

「いいってことよ、ほんとうのことだ」

気にもとめない慎吾は、袋を差し出した。

「それより、匂い袋のことを詳しく教えてくれ」

受け取った伝吉が、記憶を呼び戻すような顔をした。

「確かこの大きさだと、一つ一分《いちぶ》はしたはずです」

「何！」

慎吾は目を丸くして、小さな袋を引き取って改めて見た。

「これが、一分もするだと」

「そいつは安いほうですよ。高い物は一両ですからね」

「はぁぁ」

三十俵二人扶持《ぶち》の役料をいただく慎吾は、一年に小判八枚分の銭で生活している。

給金一月分以上の値がする匂い袋が存在することにため息が出る。

そんな慎吾に、伝吉が取り繕った。

「しょうがないですよ旦那、なんせこの手の匂い袋には、京の平等院《びょうどういん》ゆかりの高価な香木が混ぜてあるとかで、値は妥当だそうです」

「それじゃ、おいくの家で嗅いだあの匂いはなんだ。いくら家が小さいといっても、家ん中を一杯にするとなると相当な量だぜ」

「ほんとにこの匂いだったんですかい」

慎吾はもう一度嗅いだ。

「うん、確かにこれと同じ匂いだった、と思う」

伝吉が表情を探る眼差しをくれる。

「おや、自信が揺らいできましたね」

慎吾は背筋を伸ばした。

「いや、間違いない。この匂いだ」

「となると、戸口のどこか、旦那の顔の高さのところに下げられていた。もしくは、袂に入れてらっしゃった旦那の袖から香ってきたか」

「いや、確かに部屋から香ってきた。おいくの給金で、こいつが買えるかね」

「そりゃぁ、若い娘だ。ほしけりゃ無理してでも買うでしょうよ」

伝吉が言った途端に、ひらめいた顔で手を打ち鳴らした。

「誰かにもらったのかも。おいくは医者の手伝いをしていますから、金持ちも通っているでしょ。商家のあるじか女将さんにもらうってことも、あるんじゃないでしょうか」

「なるほど。どちらにしても、こいつが売られている人気の物となると、どこにでもあるから証拠の決め手にゃならぬか。だいいち、おいくが竹三を殺す理由が考えられんしなぁ」

「理由ねぇ」

五六蔵が顎をつまんで考え、仮説を述べた。

「こういうのはどうです、酔った竹三に、日頃から嫌がらせをされていたとか」

慎吾は腕組みをして、自身番の土間で筵《むしろ》をかけられている竹三を見つつ、酔っ払いに絡まれるおいくの姿を想像してみた。

「病気の父親がいるからな。毎晩のように騒がれて、怨《うら》みをつのらせたか」

五六蔵が勇んで身を乗り出す。

「おいくを連れて来ましょうか」

「まあ待て。これを見ろ」

慎吾は、竹三にかけられた筵を剝いだ。

「女のか弱い力で、このようなまねができるか」

柄まで深々と刺さる刃物を指すと、五六蔵は難しげな顔でうなずいた。

「確かにおっしゃるとおり。華奢なおいくにはできませんね」

「竹三の身辺をもっと洗う必要があるが、その前に、刺し傷を調べる。ほとけを運ぶ舟を手配してくれ」

応じた五六蔵が、伝吉に顔を向ける。

「ひとっ走り頼む。舟を手配したら、その足で松次郎を手伝ってやれ」

「へい」

伝吉は自身番から駆け出た。

目で追っていた慎吾が感心する。

「しかし伝吉は、おなごが好む物を良く知ってるな。こいつが一分だぜ。かみさんに一つ買ったらどうだ」

「うちの奴にですかい」

五六蔵は顔をしかめて、手をひらひらとやる。

「昔なら喜んだでしょうが、今は料理に匂いが付くからって、いやがりますよ」

「ああ、そうだな」

五六蔵の女房の千鶴《ちづる》は、今年の正月で三十二になった。

昔は粋な辰巳芸者で、今でも十分色気のある女だが、永代寺《えいたいじ》門前仲町《もんぜんなかちょう》で浜屋《はまや》という旅籠《はたご》を切り回し、亭主の五六蔵はもちろん、下っ引きの松次郎と伝吉を住まわせて面倒を見ている。

さして銭にもならない岡っ引きを五六蔵が続けられているのは千鶴のおかげ。

その五六蔵を使う慎吾は、千鶴に頭が上がらないのだ。

同じ北町奉行所の同心の中には、商人や大名屋敷からの付届けで懐があたたかく、五両十両の小判を常に持ち歩いている者もいる。そういった者は、自分が使う岡っ引きに与える額も太く、時には三十両も渡すのだから凄い。

付届けをめったに受け取らない生真面目《きまじめ》な慎吾に使われる五六蔵にしてみれば、大金をもらえる親分が羨ましい限りだろうが、文句の一つも言わないで動いてくれる。

齢《よわい》四十の五六蔵は、慎吾の祖父、夏木周吾《しゅうご》が同心だった時から十手を預かり、この深川を守っている。

慎吾が同心見習いの時は若と呼んでいたが、二十八歳になった今では旦那と呼び、忠義を尽くしてくれる。

ほぼ無給金で働いてくれるのは、祖父周吾に大恩があるからだと言ったことがあるが、詳しいことは何度訊いても教えてくれない。祖父が他界した今となっては、慎吾に知る術《すべ》はなかった。

ただ、長年岡っ引きをしてきたせいか、昔の秘密のせいか、時折り鋭い目つきを見せることがある。

深川のちょいと名が知れたやくざの親分が、五六蔵には決して逆らわないので、元はやくざの大親分ではないかと、慎吾は勝手に想像している。

「旦那、どうなさいました」

五六蔵の声に目を向けた慎吾は、

「いや、なんでもない」

この場でしつこく訊くのは野暮だと思い、誤魔化した。

六

舟を待つあいだに、慎吾は五六蔵とこれからの探索の打ち合わせをしていた。奉行所に走っていた作彦が戻ってきたので、ほとけを運ぶのを五六蔵にまかせると、慎吾は町に出た。

堀川のほとりを歩きながら、

「田所《たどころ》様は何か言っておられたか」

北町奉行所筆頭同心の様子を訊くと、作彦が汗を拭《ぬぐ》いながら答えた。

「まずは、部屋を荒らされぬようにしろとの仰せです」

「うん」

「それから、ほとけは奉行所に持って帰るなと」

慎吾は顔をしかめた。

「出たな、いつものが」

「はい。引き取り手がないなら、無縁仏として寺に送るようにとの仰せです」

「まだ調べがすんでもおらぬのに、埋めろというのか」

「とにかく運んで来るな、いやならどこぞの医者にでも運べと、この一点張りで」

「まったく、あの人の怖がりには困ったものだ」

「怖がり?」

「奉行所にほとけが安置されるのが怖いのさ。今日はほら、宿直《とのい》だから」

「あぁ、なぁるほど」

「幽霊嫌いにも困ったものだ」

「そ、そんなもの、好きな者がいるんですか」

「いるとも、少なくともここに一人」

作彦が手で口を隠して、くくくと笑った。

「よく言いますね旦那様。この前の宿直の時、厠《かわや》に白い物がいたって、腰を抜かして這《は》っていたじゃないですか」

「馬鹿、あれはみんなを驚かそうと思って、芝居をうったのよ」

「そうは、見えませんでしたがねぇ」

「なんだとこの!」

ふりかざした拳をとめた慎吾は、あの時厠で見た白い影を思い出して、熱の寒気とは違ったものを背筋に感じて身震いした。

「どうします？」

訊く作彦に、慎吾はため息をつく。

「どうもこうも、筆頭同心様には普段世話になっているから、ここは言うことを聞いてやるか」

慎吾は歩みを止め、自身番に引き返した。

五六蔵は、ほとけを運び出すところだった。

「すまないが五六蔵、ほとけは霊岸島の先生のところへ運んでくれ」

「ええ？　旦那、いいんですかい」

「何が」

「霊岸島の先生といや、あの国元華山《くにもとかざん》先生でしょう」

「そうだぜ」

「川口町《かわぐちちょう》の」

「だからなんだ」

「あの先生に渡したら、腑分《ふわ》けがどうだ、病人のためがどうだと言って、旦那が行く前に、勝手にばらばらにされますよ」

「そこは五六蔵が見張ってくれよ。おれもすぐ駆け付けるから」

「参ったなぁ、あの手の人は、どうも苦手で」

「前から訊こうと思っていたんだが、どうしてあの先生が苦手なんだ」

口ごもる五六蔵にかわって、自身番の小者が言う。

「旦那、親分は医者というものが大の苦手なのですよ。図体《ずうたい》が大きいくせに、医者の前にでると子供みたいに小さくなってしまうんですから」

「そうそう、まるで子供だ」

自身番屋の小者たちがからかうと、

「うるせぇ！」

どかんと五六蔵に雷を落とされて、首をすくめた。

慎吾は笑った。

「まあ五六蔵、ここは辛抱してくれ。それじゃ、頼んだぜ」

「旦那、旦那」

止めようとする五六蔵に振り向くことなく手を挙げた慎吾は、通りに出た。

ふたたび油堀川沿いの道を東へ進み、富岡橋《とみおかばし》を渡って平野町《ひらのちょう》へ向かう。

俗に寺町といわれるこの町には、北の仙台堀《せんだいぼり》から南の油堀までのあいだに九軒の寺が並んでいる。

寺を相手にする商人も多く軒を連ねているが、慎吾はそのうちの一軒の暖簾《のれん》を潜った。

線香と蠟燭《ろうそく》を商っている明香堂《めいこうどう》を訪ねると、

「おや、慎吾の旦那」

帳場から立ち上がったあるじの文右衛門《ぶんえもん》が、上がり框《がまち》まで出てきて、笑顔で迎えた。

間口五間の広い店の中は、多種の香の匂いが混ざり、なんともいい香りがする。

寺が相手の商売ゆえに御用聞きが主で、店に来る客はほとんどいない。

だが今日は、珍しく客がいた。どこかの屋敷の侍女らしき二人の女が、店の者と話しながら蠟燭を選んでいる。

腰から同心刀を外した慎吾は、文右衛門の横に腰かけ、客たちを見た。

文右衛門が察して言う。

「奥の座敷がよろしゅうございますか」

「いや、ここでいい。ちと、訊きたいことがあって寄らせてもらった」

「さようで。おぉい、旦那にお茶を」

文右衛門が忙《せわ》しく言うと、女中がすぐにお茶を用意してきた。

一旦は番頭が受け取り、白い紙の包みを載せて、茶菓の盆を差し出した。

「せっかくだが、こいつは受けねえぞ」

慎吾は白い紙の包みを返した。持った感じでは、小判が二枚は入っているだろう。

「相変わらず、欲のないお方だ」

莞爾《かんじ》と笑う文右衛門は、慎吾が付届けを受けないのを知っているので素直に引き下げた。

この光景に慣れている作彦も、知らぬ顔で土間に置かれている腰かけに座り、受け取った茶をすすっている。

「今日来たのは、こいつを見てもらおうと思ってな」

慎吾が袂から例の匂い袋を出して渡した。

受け取った文右衛門が、くまなく見て匂いを嗅ぎ、満足そうな笑みを浮かべる。

「なかなかに、よい品ですね。これをどちらでお求めに？」

「まあそれはいいとして、知りたいのは中身のことだ。来ればわかると思ったんだが、今の様子では、この香りの元は、ここじゃ扱っていないのか」

「中を拝見しても」

「いいとも」

文右衛門は奉公人に皿を持って来させ、袋の口紐《くちひも》を解《ほど》いて中身を出した。黒くて四角い、墨のような物に鼻を近づけ、納得した顔をする。

「なるほど。これでしたら、手前どもにもございますよ」

「そうか。ずいぶん高直《こうじき》な物だと聞いたぜ」

「いえいえ、この大きさだと、そうですね、八文ほどでしょうか」

「団子二本分じゃねえか」

「そんなものです」

「しかしな、おれが聞いた話じゃ。そいつには平等院ゆかりの香が混ぜてあるとかで、日本橋あたりじゃ、一つ一分はするそうだぜ」

「西京屋さんですね」

「知ってるのか」

「ええ、小耳には入っております」

「ここじゃ八文の品を、西京屋は一分で売っているというのか」

「はは、いえいえ。おそらく平等院のことは尾ひれがついたのでしょう。もしもほんとうに平等院秘蔵の香が混ぜてあるならば、一分どころでは買えませんよ。だいいち、どうしたって町人の手には入らない」

「そうなのか」

「はい」

「にしても、八文を一分で売るのはどうなんだ」

「中身ではなく、袋が高いのですよ」

「袋?」

文右衛門は袋を渡した。

「高直な織物ですからね。西京屋さんはいい商いをなさる。綺麗《きれい》な袋にちょいと香りがいいのを入れただけで、高くても飛ぶように売れるのですから」

「ふうん」

慎吾は感心して袋を眺め、文右衛門を見た。

「中に入っていた香りの元で家中が香るようにするとなると、どれほどの量がいる。六畳一間と台所がある長屋なんだが」

文右衛門は考える顔をした。

「そうですね、おそらく、部屋の四隅に置くだけで十分でしょう」

「そんなものか」

「どなたか、病の養生をされておられるのですか？」

「どうしてわかる」

「近頃はそうされるお人が増えまして、手前どもにも求めに来られます。御用立てしましょうか」

「いや、いいんだ」

おいくへの疑いがぱっと晴れた気がした慎吾は、出されたまんじゅうを一口で食べて茶を飲み、

「相変わらずここの茶は旨いな。ありがとうよ」

腰を上げて帰ろうとすると、

「あの、慎吾の旦那」

文右衛門が呼び止めた。

振り返ると、番頭から風呂敷包みを受け取った文右衛門が、慎吾の前に差し出した。

「今日は御母堂様の御命日。どうか、これを御仏前に」

「いつもすまないな」

「いえいえ、りく様には御生前に、大変お世話になりましたから」

「では、遠慮なくいただくぞ」

「御奉行様にも、よろしくお伝えください」

「うむ」

慎吾はそのことに関しては、そっけなく答えて店を出た。

見送りに出た文右衛門が、心配そうな面持ちで、姿が見えなくなるまで見ていた。

第二章　飲み仲間

一

永代橋に戻り、霊岸島新堀に架かる豊海橋を渡って南新堀二丁目に入った。この通りは右手に蔵、左手に問屋が軒を連ねるにぎやかな場所だ。

糸物、紙、諸国の茶や糠《ぬか》といった生活に欠かせぬ品を扱う問屋が軒を連ね、仕入れに来る職人や商人の姿が多い。

ぽうっと熱い顔を火照らせて歩く慎吾は、

「旦那様、無理をなさらないほうがいいのではないですか」

気づかう作彦を従えて、ぞろりとした足取りで一丁目との境を左に曲がった。

竹三の遺体を運び込ませている国元華山の診療所は、霊岸島の川口町にある。

永代橋から川口町へ行くには、北新堀町を真《ま》っ直《す》ぐ西に歩いて湊橋《みなとばし》を渡ったほうが道も広くて歩きやすい。

慎吾がわざわざこちらの道を選んだのは、新川に架かる二ノ橋を渡ったところにある銀町《しろがねちょう》に来たかったからだ。

二ノ橋を渡るころ、そよそよと吹く暖かい風にのって酒の香りがしてきた。

「いつ来ても、ここはいい匂いがするなぁ」

「旦那様、まさかとは思いますがね、あそこへ行くつもりじゃございませんでしょう」

作彦が心配そうに言うので、

「お、さすがによくわかってるじゃねえか」

褒めると、はっと目を丸くする。

「昼間っから、ご冗談でしょう。お役目の最中ですよ」

「まあそう堅いことを言うなよ、作彦」

慎吾は、橋下を滑る五大力船《ごだいりきせん》を眺めながら渡ると、右に曲がった。

蔵のあいだから見える新川には、酒樽《さかだる》を積んだ五大力船が行き交い、軒を連ねる酒問屋はどこも活気に満ちている。

このあたりは江戸屈指の酒問屋街で、どの店も大店だ。

そんな通りの中で、暖簾も鮮やかな大店に挟まれて、ちんまりと建っている居酒屋がある。

「お、開いてるな」

暖簾が出ているのを喜んだ慎吾は、渋る作彦を連れて中に入った。

「いらっしゃい！」

元気な声で迎えた店のあるじが、自ら注文をとりに来た。

「慎吾の旦那。珍しいね、昼間っから」

「おやっさん、今日は一人でやってるのか」

「いやいや、女房の奴ぁ奥にいますよ」

「そりゃ悪かったな、仕舞うところだったんだろう」

「へへ、どうぞお気になさらずに。何にしやすか」

「たまご酒と、作彦は何にする」

「わたしは……」

作彦は戸惑っている。

「いいじゃねえか」

「でも旦那様、先を急ぎませぬと」

「探索がはじまれば、今を逃すといつ食べられるかわからないぞ」

「確かにおっしゃるとおりですね」

「遠慮せずなんでも頼め」

「はい。では、鯖《さば》の煮つけと、めしを大盛りで。それから、熱いそばも一つ」

慎吾は目を丸くした。

「まあいいや。おやっさん、それを頼む。酒は熱めにな」

「あいよ」

居酒屋五右衛門《ごえもん》は、酒問屋に出入りする船頭たちを相手に商売をしているが、昼めしを食える場所を提供しようと日中も暖簾を出している。

昼の忙しさも過ぎて、そろそろ夜の仕込みに入ろうかという時に慎吾が暖簾を潜ったのだが、常連とあって、亭主の鉄次郎《てつじろう》はいやな顔一つしないで奥に入った。

たまご酒を持ってきた鉄次郎が、溢《あふ》れそうな湯飲みを差し出し、

「風邪ですかい、旦那」

太い眉の端を下げて心配そうに言う。

「なぁに、たいしたことはない。こいつを飲めばすぐに治るさ」

にこりと笑い、たまご酒を飲んだ。ほのかな甘さが、とげとげしい喉に効く。

「うん、相変わらずここの酒は旨いな」

「旦那様、飲み過ぎないでくださいよ」

「わかってる、これ一杯だけだ」

出されたそばと鯖と、めしをもりもり食べる作彦を眺めながら酒を飲みほすと、食べ終わったら起こしてくれと言い、横になって目を閉じた。

応じた作彦に、茶を持ってきた鉄次郎が小声で言う。

「珍しいね。よほど具合が悪いんじゃないのかい。風邪のひきはじめに無理をすると、寝込むようになるよ」

途端に心配そうな面持ちをした作彦は、火照り顔で寝ている慎吾を見て、ゆっくり食べた。

四半刻《しはんとき》（約三十分）ほどして、

「旦那様、食べ終わりました」

あたかも今箸を置いたように声をかけた。

むっくりと起き上がった慎吾は、額に手を当てた。

「まだお熱があるのでは？」

心配する作彦に笑みを浮かべる。

「大丈夫だ。おやっさん、いくらだ」

「へい、五十文いただきやす」

慎吾は財布から五十文きっちり出して、

「ごちそうさん」

「またどうぞ」

鉄次郎に見送られて店を出た。

先ほどまでどうも背筋が寒かったのだが、たまご酒のおかげで身体が温まり、喉の痛みも和らいでいる。その勢いで川口町に行った慎吾は、大店が軒を連ねる通りから一つ中に入り、木の塀に囲まれた裏路地を進んで診療所に向かった。

人通りがほとんどない裏路地を進むと、板塀に沿って、今日も人が並んでいる。町医者、国元華山の診察を望んで、患者が列を作っているのだ。

怪我《けが》をしたのか、腕を押さえてしきりに顔をゆがめている若い男。

慎吾のように顔を火照らせている男児。

暇を潰すように談笑している老婆たち。

ざっと見ただけで、二十人は並んでいるだろうか。

この分だと、夕方まで手が空きそうにないな、と思いつつ、

「ちょいとごめんよ。御用の筋だから先に入るぞ」

慎吾は患者たちに断り、診療所の敷地に入った。戸口から勝手に上がり、待合にいる患者たちの前を通って奥に行く。

老婆と話していた奉公人の女が気付いて、老婆を待たせて頭を下げた。

慎吾は、いいから続けろ、と手で示して待った。

老婆は慎吾を気にせず、喉をさすりながら、

「おかえちゃん、喉が痛いんだよう。先生は歌い過ぎだとおっしゃるけど、これじゃ歌えもしないいんだから」

がらがらの声で訴え、おかえの手を放そうとしない。

おかえは困り顔で、

「すぐ診てもらえますから、ここで待っていてくださいね」

老婆の手を膝に置いてさすり、慎吾のところに来た。

「奥へどうぞ」

明るい声で促してくれるのに応じて、廊下を奥に歩み、突き当たりの障子の前で声をかけた。

「先生、おれだ、夏木だ」

「どうぞ」

落ち着いた声に障子を開けると、中年の男の背中を触診している華山が振り向き、細い顎で長床几《ながしょうぎ》を示した。

黙って座った慎吾は、治療が終わるのを待った。

患者に向く華山の横顔は真剣そのもの。ぴりりとした空気が、男の重い病を連想させる。

背中の次に腹を診た華山は、患者に笑みを浮かべた。

「もう大丈夫。明日から仕事をはじめてもいいですよ」

男は安心しきった息をはき、先生のおかげだと何度も礼を言って、軽い足取りで帰っていった。

華山は慎吾に背を向けて、書き物をしながら問う。

「で？　あのほとけをどうするの」

「下手人が女なのか男なのか知りたいのだ。どのように刺されたか、調べてほしい」

書き物を終えた華山が筆を置いて立ち上がり、振り向いた。

白い前かけが清潔で、着物の袂の桜色が鮮やかだ。

この女医は、国元華山の二代目であり、本名はおゆきという。

丸顔の目元がくっきりとした美人のうえ、医術も優れているので、近くの住人から慕われている。

おゆきの父、一代目国元華山と慎吾の祖父が碁敵だったので、二人は幼いころから顔見知りであり、気のおけない友でもある。その友の医者としての腕を見込んで、慎吾は時々、不審な死体を調べてもらうことがある。

慎吾の頼みを聞いた華山は、障子を開け、外で待っている患者に声をかけた。

「およさん、少し待ってもらっていい」

でっぷりと肥えた中年の女が、笑みを浮かべた。

「いいですとも」

この季節に汗をかき、暑そうに扇子で扇《あお》いでいたが、辛そうに左足を動かして、もとの場所に戻って座った。

「すぐすませるから、ごめんね」

おとよに手を合わせた華山は、慎吾を裏に誘《いざな》った。

薄暗い八畳間の中央に台があり、その上に竹三が寝かされていた。

筵をかけてあるが、包丁が刺さったままなので胸のあたりが盛り上がっている。

慎吾が筵をはぎ取り、疑問をぶつける。

「立ったまま刺されたとしたら、下手人が女にしちゃ、包丁を突き入れた所が高過ぎる気がしねえか」

すると、華山が睨むように見てきた。

「下手人が女だと、決めているように聞こえるわね」

「決めてはいないさ。ただ、こいつがほとけのそばに落ちていた」

慎吾が匂い袋を見せると、華山が腕組みをした。

「女物だからといって、女が持っていたとは限らないわよ。このほとけさんが、誰かにあげようとして持っていた見込みもある」

淡々とした口調で推測する華山は、顔を包丁に近づけて、じっくり眺めた。

「やや上から、突き入れられているか」

独り言のようにぼそぼそ声に出した後、部屋の角《すみ》に置かれた手箱に歩み寄り、中から麻の紐を出して戻った。

「ここを持ってて、動かしたらだめよ」

慎吾は言われるまま、包丁の柄に当てられた紐の端を持った。

華山は紐をほとけの足のつま先のところまで伸ばして、切り取った。

「何をしている」

華山は問いに答えず、

「今度はこっち」

壁際に誘った。

慎吾が紐の端を持ったまま壁際に行くと、華山は自分が持っているほうを壁の下側に当てて針で留め、慎吾の手から紐を取ると、上に伸ばして端を針で留めた。次に手箱から刃物を取り出して、相手を刺すように、切先を紐の上側の針に合わせて振るった。

華山の背丈では、上から下に向かって突き下ろす格好にはならない。刃物を止めたまま、華山は慎吾を見た。

「ほとけさんは背が高いから、あたしくらいの背丈だとだいたいこうなるわね」

慎吾は顔をしかめた。

「ああ、しまったなぁ。ほとけの女房の背丈までは訊いちゃいない」

初めに疑った長屋のおいくは、背丈は華山と同じほどだから、やはり下手人ではないだろう。

「でも、そうね、そうか……」

華山は一人で考えて納得し、

「……並の背丈の女でも、あのように刺せるわね」

と言う。

慎吾は下顎をしゃくれさせ、いぶかしむ面持ちをする。

「どういうことだ」

「そこへ仰向《あおむ》けに寝てちょうだい」

「ええ？」

「ほら、黙って寝る」

「………」

慎吾は仕方なく、大小を腰から抜いて、畳に仰向けになった。

すると華山が歩み寄り、着物の裾を端折って、色白の肌が見えるのも構わず馬乗りになるではないか。

慎吾はぎょっとした。

「お、おい、何を！」

「今日こそ日頃の怨みを晴らしてやる！」

華山は恐ろしい形相で叫び、慎吾が抗《あらが》う間もなく、医術に使う刃物を振り上げた。

「わぁ！」

本気で刺されると思い悲鳴をあげ、目をつむる慎吾。

「ああ、すっとした」

華山が愉快そうに笑うので、慎吾は安堵《あんど》すると同時に腹が立った。

「冗談もいい加減にしろ。心の臓が止まるかと思ったではないか」

「ふふん、驚いた?」

華山が跨《また》がったまま、慎吾の顔に顔を近づける。

「な、なんだよ」

「臭う。あんた、昼間から酒を飲んでるの?」

「これはたまご酒だ。近づくな。風邪がうつるぞ」

廊下を走る音がしたのはその時だ。

「先生!」

「どうされましたか!」

作彦とおかえが同時に声をかけて障子を開けた。

華山が白い脚も露《あら》わに慎吾の腹の上で馬乗りになっているのを見て、

「あっ!」

二人はまた、同時に声をあげる。

「とんだお邪魔を」

作彦がすぐさま障子を閉めるものだから、

「おい！　勘違いをするな！」

慎吾が慌てたが、障子に映《は》えていた二人の影は離れていった。

華山は腹の上から下り、何もなかったように着物の裾を整えると、部屋から出ていった。

二

慎吾が診察部屋に戻ると、作彦が身を寄せて声をひそめる。

「旦那様、驚きましたよ。わたしはてっきりその、うふふ」

慎吾は睨む。

「その笑いかたはよせ」

「だって旦那様、肌も露わに抱き合っておられるのですもの」

「馬鹿野郎。いくらなんでも、ほとけが寝ているところでそんなことするかよ」

「ほらそこ、静かにしなさい」

華山にぴしゃりと言われて、二人は黙った。

慎吾は今、おとよの足を先に診てから竹三のことを話すという華山に従い、部屋の長床几に座っている。

ほどなく治療が終わり、おとよが申しわけなさそうに手を合わせた。

「先生、御代はまたでいいかね」

華山は優しい笑みを浮かべた。

「心配ないわよ、そこの八丁堀からたんまり貰《もら》うから」

おとよは慎吾を見て、にっこり笑って頭を下げた。

「慎吾の旦那、だめですよう。昼間っから酒をあびて、先生に抱きついちゃ」

「だから、違うと言うておるではないか」

「はいはい、そういうことにしておきましょう。まあどうせ、こんなおもしろいこと誰に言ったところで、先生と旦那のことを知る者は、信じやしませんけどね。ああ、つまんない」

おとよはそう言って、元気そうに帰っていった。

　見送った慎吾は、華山に訊く。

「おれには、暇つぶしに来ているとしか思えないが」

「今はそうね。でも、発作が起きると危ないのよ」

「発作とは、心の臓でも悪いのか」

「薬代、二分でいいから」

　書き物をしながら左手を出す華山に、作彦が吹き出しそうになって口を手で塞《ふさ》いだ。

　じろりと睨んだ慎吾が、財布から二分判を出して立ち上がり、

「しょうがねぇな」

　手の平に置いた。

　貧しい者は無代で診察をするのも、一代目華山から引き継いだことだ。

　華山は礼も言わずに銭箱に入れ、おかえに次の人を呼ぶよう言う。

　慎吾はおかえを待たせ、華山に向く。

「で、どうなんだ。下手人は男か、女か」

　答えを急《せ》かすと、

「わからないわね」

華山は涼しい顔だ。

「なんだ、お前でもわからないことがあるのだな」

当てが外れた慎吾は帰ろうとしたが、華山が追うように声をかけた。

「ほとけさんが立っていた時に刺されたのなら、下手人はおそらく男。倒れたところを刺されたのなら、どちらとも言えないわ。あの傷だと胸の骨が切断されているだろうから、相当な力がかかっていると思うけど」

慎吾は立ち止まり、華山を見た。

「立っていたか寝ていたかを、もう一度調べる必要があるな」

「今日は家に帰ったほうがいいわね。熱が高いから」

「大丈夫さ。たまご酒を飲んだからな」

慎吾が笑いとばすと、華山はため息をついた。

「あのね八丁堀、たまご酒なんて気休めもいいとこよ。これを飲んで行きなさい」

華山は、先ほどから火鉢にかけていた鉄瓶を取り、湯飲みに注いで慎吾に差し出した。

「なんだ、これは」

「薬に決まってるじゃないの。熱を下げるから、そんなたこみたいな顔してないで飲みなさい」

慎吾は首をすくめて、渡された薬を含んだ。

口が曲がりそうなほど苦い薬に顔をゆがめると、

「大げさねぇ」

華山が呆れて、おかえと顔を見合わせて笑った。

慎吾は苦い薬を飲んで湯飲みを置き、改めて言う。

「そういえば、ほとけのことだがな。後で引き取りに来させるからしばらく預かってくれ。勝手に腑分けをするなよ」

「しないわよ」

間髪をいれずに華山が言うので、慎吾は疑ったが、何も言わずに帰った。

診療所から出ると、表で五六蔵が待っていた。

「なんだ五六蔵、いたのか」

「いえ、旦那を待つあいだに腹ごしらえをしておりやした。それで、何かわかりましたか。もう腑分けをされましたか」

「まさか。許しをもらっていないし、どうやら華山は今のところ、その気になっていないようだ」

「さようで」

「そこでな、五六蔵」

「へい」

「竹三をここから出さなきゃならないが、引き取ってくれる者はいねえか」

五六蔵は途端に、困ったような面持ちをして唸《うな》った。

「女房のほかに、身内はいねえですからねぇ」

「女房に伝えれば、弔いをするのではないか」

「どうでしょうかねぇ。なんせ、愛想を尽かして出ていった口ですから、拒むかもしれませんよ」

「そいつはどうかな。すがって泣くかもしれないぞ。芝居でな」

五六蔵が驚いた。

「旦那、疑っておいでで」

「近しい者から当たるのは、当然だろう。それに、ここに長く置いておくと、華山が腑分けをしたいと言いかねない」

「やっぱりそうなりますか」

「ひと月前に刑場で罪人の腑分けをした時、心の臓の仕組みをもっと知りたいと言っていただろう」

「ええ、おっしゃっていました」

「あれは、心の臓が悪い者を診ているからだ。今の今、腑に落ちた」

「それならそれで、旦那のほうから腑分けの許しをもらってやるのはどうですか。人のために先生に調べてもらえりゃ、竹三も文句はいわねえでしょう。先生にまかせておけば、その後手厚く弔ってもらえるんだし」

「まあ、確かにな」

　華山は無縁仏を預かった時は、腑分けと引き換えに、国元家の菩提寺《ぼだいじ》に頼んで手厚く供養する。

　慎吾もそのことを知っているので、竹三を華山に預けることに決めたのだ。

「ではそうするとして、竹三のことだ。さっきは女房を当たってみると言ったが、下手人は男かもしれぬぞ」

「じゃあ、女房は下手人じゃねえってことで？」

「そうじゃなくて、立ったままだと、女にはあのように刺せねえらしい」

「はあ、そうですかい。下手人は男ですか」

「いや、倒れたところを襲ったなら、女でもできる刺しかたらしい」

「どっちなんです？」

「両方だ。立ったまま刺されたら下手人は男に間違いないが、座っていたり、横になっていたところを刺されたのなら、女も下手人に考えられるということだ」

五六蔵は、自分の額を指差した。

「すると、竹三のここにあった傷が、下手人を見分ける肝になりそうですね」

「うむ。刺されて倒れた時にできたか、何かの拍子に頭を打って倒れたところを刺されたか……」

慎吾は五六蔵に厳しい目を向けた。

「竹三の女房と、竹三と付き合いがあった者たちも調べてみなければならぬな」

「わかりやした。当たってみます」

「おれはこれから奉行所に戻る。また深川へ渡るから、よろしく頼むぞ」

「へい」

五六蔵は、竹三を運んでくれた者たちと深川に帰っていった。

三

慎吾は熱があるのを押して、呉服橋《ごふくばし》から御門を潜って曲輪《くるわ》内に入った。左手にすぐ見えるのが、北町奉行所だ。

寄り棒を持った門番が守る長屋門は、黒渋塗りの下見板張りで、立派な門構えだ。こういった門構えは国持ち大名のみに許されるものだが、江戸の民に威光を示すために、町奉行所はこの造りになっている。

慎吾は、頭を下げる門番に軽く手を挙げて応じ、右の脇門から中に入った。そこで作彦と別れると、表門の右手に続く同心詰所に向かった。

入り口で雪駄《せった》を脱いで上がると、同心たちが文机《ふづくえ》に帳面を広げて黙々と書き物をしており、部屋には墨の匂いが漂っている。

「ただいま戻りました」

詰所にいる同心たちに声をかけて中に入ると、

「慎吾！」

上座にいる筆頭同心、田所兵吾之介《ひょうごのすけ》に手招きされた。

同心たちのあいだを抜けて前に歩み出た慎吾は、向き合って正座する。

皆がこちらを見ていることに気付いた田所は、

「いいから、仕事をしろ」

応じて文机に向かう同心たちを見て、身を乗り出す。

「おい、まさか、ほとけを持ち帰ってはおるまいな」

小声に忖度《そんたく》した慎吾は、無言でうなずく。

「そうか、よしよし。それで？　引き取り手が出てきたか」

「いえ、国元華山に委《ゆだ》ねました」

すると田所は、でかした、とばかりに、手で文机を打った。

「あの者ならば、ねんごろに弔ってくれよう。うん、それはよかった」

たくましく、詰所中に聞こえる声を発する田所であるが、実は肝が小さいことを知っている同心仲間たちは、くすりと笑っている。

様子に気付いた田所が一つ空咳《からぜき》をして胸を張り、

「ではこれより、御奉行にご報告しにまいるぞ」

「田所様、その前に与力様ではございませんか」

慎吾が筋違いを指摘すると、田所が渋い顔をした。

「心配せんでも、与力様もご一緒じゃ。さ、来い」

そそくさと行く田所に続いて立ち上がった慎吾は、こちらを見ている同心たちのあいだを通って戸口に戻り、詰所から出た。

奉行所屋敷の右手に回って、内玄関から上がった。

御用部屋をのぞくと、奉行も与力もいなかった。かかりの者が、御奉行はすでに役宅に引いているというので、下を向けば顔が見えそうなほど磨かれた廊下を奥に歩いて、庭を左手に見つつ奉行の役宅に向かった。

役宅に入り、障子が開けられている部屋に近づくと、おなごの笑い声がした。

「母上、そのような御冗談を」

「ほんにそう見える時があるのですよ。ねえあなた」

「うん？　うん、まあ、そうであるかな」

作ったような奉行の笑い声が聞こえてくる。

慎吾は次第に、足取りが重くなる。

田所は、そんな心情を知っているはずだが、何も言わずに廊下を進み、外障子の前に片膝をついた。

「ごめんつかまつります。田所と夏木がまいりました」

それまでの談笑が一瞬静まり、

「おう、入れ」

奉行の声が返る。

「はは」

まずは田所が正面に顔を出して正座し、改めて頭を下げると、慎吾を手招きした。

応じて歩みを進めた慎吾が、田所の背後に正座し、中にいる三人に向かって両手をついて頭を下げた。

「ご苦労だったな、夏木」

奉行の声に、

「はは」

慎吾は顔を上げずに答えた。

奉行の声がする。

「これ、御役目の話をするゆえ、そちらは下がっておれ」

「はい」

平伏したままの慎吾の頭上で奥方の声がし、衣擦《きぬず》れの音がした。ほどなく目の端に、白い足袋が見えると、立ち止まった。

「慎吾様」

声をかけられて顔を上げると、奉行の娘の静香《しずか》が桜色の唇に笑みを浮かべて、楽しげに訊く。

「今何を話していたと思いますか?」

「さあ」

見当もつかぬと首をかしげると、静香が言う。

「わたしと慎吾様の顔が似ている。母上がそうおっしゃいますのよ」

「まさか、それではお嬢様がご迷惑。似てなどおりませぬ」

慎吾がちらりと奉行を見ると、榊原主計頭忠之《さかきばらかずえのかみただゆき》は静香の背後で、困ったような面持ちをしている。

田所は唇に穏やかな笑みを浮かべて、このことには口を出さない。

慎吾は、榊原の心中をおもんぱかり、平身低頭したまま、母娘が去るのを待った。

だが、奥方の久代《ひさよ》は去ろうとしない。

「夏木殿と静香は、まるで兄妹のように仲がよいですから、自然と似てくるのかしら。ねぇ、あなた」

どこか嫌味たらしく聞こえるのは自分だけだろうかと、慎吾は思う。

榊原がどう答えるかと思っていると、

「おお、まあ、な」

歯切れの悪い返事をした。

「さ、もうよかろう。御役目の話があるゆえ下がりなさい」

「はい。では静香、奥へ戻りましょうか」

「はい母上」

二人が去ると、榊原は、やれやれといった具合に腰を落ち着けて、改めて慎吾を見た。

「夏木、深川の義三長屋のことであるが、どのようなことじゃ」

頭を上げた慎吾は居住まいを正し、これまでのことを告げた。

黙って聞いていた榊原が、渋い顔をした。

「狭い長屋で起きたことだ。竹三殺しの下手人に、目星は付いておろうな」

「物取りの仕業とは思えず、今のところ逃げた女房が疑わしいのですが、念のため、付き合いがある者を調べております」

「そうか。探索に人が足りずば、遠慮なく申せよ」

「はは。なれど、今のところは五六蔵の手の者が動いておりますので、他の方の手をわずらわすまでもないかと存じます」

「わかった。与力にはわしから申しておく。役目の話はこれぐらいにして、どうじゃ、三人で軽く飲みに行くか」

「ああ、残念」

田所が顔をしかめる。

「ありがたいお言葉ではございますが、残念ながら、それがしは宿直でございます。

まあどうしてもとおっしゃるなら、付き合いますが」

「それは残念であるな」

榊原はあっさり打ち消し、

「このところ夜は物騒になってきておる。しっかり頼むぞ」

気を引き締めさせた。

頭《こうべ》を垂れる田所の横で、慎吾が両手をつく。

「それがしは、これから深川へ戻ります」

「戻ったばかりだというのに、また大川を渡るのか」

「五六蔵に申しつけたことがございますので、一度顔をのぞかせて帰ろうかと」

「相変わらず熱心であるな。では、酒はまたにするかのう」

「下手人があがりましたら、その時はお供します」

「ぐずぐずせず、逃げた女房を引っ張って白状させろ」

そう難しい事件ではないと榊原は見たらしく、呑気《のんき》が口調に表れている。

慎吾も、この時はそう思っていたので、

「明日には」

と言いかけて、大きなくしゃみをした。

「これは、御無礼を」

榊原が心配そうな顔をした。

「風邪でもひいたか。顔が赤いようだが、熱があるのではないか」

「国元華山に薬をもらいましたので、これしきのこと、すぐによくなります。では、これにて御無礼を」

慎吾は神妙な態度で頭を下げ、その場を辞した。

表に向かう廊下を一人で歩いていると、柱の陰から色白のおなごが顔を出した。

いたずらっぽい顔で笑うのは、静香だ。

瓜実《うりざね》の、美しい面立ちをしている十七歳は、若い同心たちから憧れの的。近頃は、旗本からの縁談話もちらほらと舞い込むらしいが、まだ早いと榊原が言い、嫁に出そうとしないのは、奉行所で知らぬ者はいない。

そんな奉行の愛娘《まなむすめ》に、慎吾は微笑む。

「いかがされました」

「慎吾様がお戻りになるのをここで待っていたのです。美味しいお菓子をご一緒にどうですかって、母上がお誘いです」

「奥方様が?」

「はい。久しく顔を見ていなかったので、話がしたいのでしょう」

慎吾は腕組みをして考える顔をした。

「はて、そんなに無沙汰をしておりましたか」

「またお惚《とぼ》けに。役宅に上がられるのは桃の節句以来ですもの、さ、まいりましょう」

慎吾は顔の前で手を合わせた。

「申しわけない。せっかくのお誘いですが、まだ役目があるのです。深川で人が殺されましたが、まだ下手人がわからないもので」

静香の顔から笑みが消えた。

「まあ怖い」

「早いとこ下手人を捕まえて、町の者たちを安心させてやりとうございます。奥方様には、またお誘いくださいと、よろしく伝えてくれませぬか」

「そういうことなら仕方ありませんね。残念、あ、今のは母上の気持ちです」

顔を桜色に染める静香に、慎吾は微笑み、態度を改める。

「ではお嬢様、これにて御無礼」

丁寧に頭を下げて、立ち去った。

慎吾を見送る静香は、唇を尖らせてつまらなそうな顔をすると、

「もう、慎吾様ったら」

人には決して見せない態度でくるりと向きを変え、奥へ戻った。

四

慎吾が再び深川に渡った頃には、道を歩む自分の影が長くなりはじめていた。

永代寺門前仲町の一ノ鳥居を潜って、五六蔵親分の家を目指していると、

「慎吾の旦那」

土産物屋の中から声をかけられたと思うや、作彦が止める間もなくがっちり腕をからめられて、店の中へ引きずられた。

「おい、何をする」

抗う慎吾の後ろにいる作彦は、

「かぁ、まただ」

顔をしかめた。

つんと鼻をつく匂い袋を香らせて、白粉ののりが悪い顔をにんまりとさせたのは、土産物屋の女将のお秀《ひで》だ。

慎吾は腕を振りほどこうとしたが、でっぷりと丸い身体の腕力は相当なもので、たやすくほどけない。

「おいお秀、おれには大事なお役目があるんだ、放してくれ」

「聞くもんですか。今日こそは、お返事をもらいますよ」

「返事も何も、おれは嫁をもらう気はないと言うたではないか」

するとお秀は、福々しい頬をさらに膨らませた。

「なんだい、人がせっかくいい娘を世話したってのに」

慎吾は困り果てた。

「世話も何も、あれは勝手におめえが……」

お秀がその先を言わせない。

「何が不服なのさ、相手は大商人の娘さんだよ」

聞いていた作彦が吹き出すので、お秀が顔を向ける。

「おや作さん、何がおかしいんだい」

「いや、娘だと言うから」

作彦はまた笑い、涙目になっている。

「そりゃあ、少し歳《とし》は食ってるし、出戻りだけどさ。器量よしの好《い》い人じゃないのさ。ねぇ慎吾の旦那、旦那も知ってるだろう」

「深川の富田屋《とみたや》といえば、江戸でも名が知れた大店だ」

「店の名前じゃなくて、おすえちゃんのことだよ」

慎吾は、振り向いてにっこり笑うおすえの顔が頭に浮かび、振り払うために頭を振った。

お秀がぐっと腕を引く。

「このへんで手を打っとかないと、嫁に来てくれる人がいなくなるよ」

「悪いがなお秀、誰がなんと言おうと、おれはまだまだ一人でいるつもりだ」

「何悠長なこと言ってるのさ旦那。二十八にもなって、酒に酔って化粧して歩いてるようじゃ洒落《しやれ》にもなんないよ」

「どうしてそのことを……」

焦る慎吾を見て、

「あははぁ、思い出しちまったよう」

我慢できないお秀につられて、聞いていた店の女たちがくすくす笑いだした。

この様子だと、みんな知っているようだ。

慎吾は急に恥ずかしくなって、お秀に泣きっ面を向ける。

「見たのか」

「見たから言ってるんだよ」

「ここにいる者たちの他には、誰にも言ってないだろうな、ええ？　どうなんだ」

「今のところはね」

「今のところってまさかおめぇ、言いふらす気か」

「さてどうだろうね。なんせ、おもしろかったからねぇ」

「頼む。言わないでくれ」

拝む慎吾に、お秀は流し目を向ける。

「いい返事をくれたら、黙っていてあげるよ」

「おい、卑怯《ひきょう》だぞ。それとこれとは、話が違うだろう」

「知りませんよ、あたしは」

ぷいっと横を向いて二重顎を見せるお秀の顔を、慎吾は怨めしげに見た。

「そうか。言いたければ言え。とにかくな、縁談はお断りだ」

腕を振り解いて離れると、お秀がつまらなそうな顔をする。

「なんだよ、せっかくいい話だったのにさ」

「今はそれどころじゃねぇんだ。また来るぜ」

「知らないよ。みんなに言いふらすからね」

「勝手にしろ」

逃げるようにして店から出た慎吾に、

「旦那様、ほんとにいいんですかい？　断って」

作彦が、もったいないと眉尻を下げた。

「お前までなんだ」

「だって旦那様、確かにお相手は年増《としま》ですがね、器量も悪くないし、家は深川どころか江戸で名が知れた大店ですよ。しかも跡取りがいないときてる」

「急に気変わりするなよ。お前さっきは、ばかにしたように笑っていたじゃないか」

「ええ、確かに笑いました。でも旦那様、これには深いわけがあるじゃないですか。お忘れで？」

「忘れるものか。跡取り息子が大川に足を滑らして流されたのだ。骸を見つけてやれなかったのは、棘《とげ》が刺さるように胸の中にある。それとおすえの離縁がなんの関わりがあるというのだ。あっ」

思い当たる慎吾に、作彦が言う。

「お察しのとおりです。おすえさんは店を継ぐために、嫁ぎ先から戻されたのですよ」

「では、なおのこと断ってよかった」

「へ？」

「同心を辞めて商人の婿に入るなど、まっぴら御免だ」

「一万両より、三十俵二人扶持がいいので？」

「一万両？」

「蔵に貯《た》まっているという噂です」

「ふぅん、あるところにゃあるもんだ。でもまあ、おれは町廻りが性に合ってる。この暮らしを変えるつもりはないぞ」

「かぁ、つくづく欲のないお人だこと」

「そんな者の下で働くお前こそな」

「はは、そりゃそうでございますね」

作彦は、亡き祖父周吾のはからいで一度は所帯を持ち、通い中間として夏木家に仕えていたのだが、探索で家を空ける日が多く、女房に駆け落ちされてしまった。

女房と子供の思い出が残る長屋で一人暮らしをするのは辛いと言い、亡祖父に許しを得て出戻ってきたのである。

作彦は真顔の時でもびっくりしたような顔をしているが、こころ優しい忠義の者だ。

慎吾よりは七つ年上だが、一人息子も女房が連れていってしまったため、良縁があればいいがと密《ひそ》かに心配している。

そんなことを考えながら歩いていて、なんとなく羽織の袂に手を入れた慎吾は、

「おや……」

硬い物が指に当たるので出してみた。

紙の小さな包みが、知らぬ間に入っていた。

慎吾には、それが何であるかすぐにわかった。二分判が一枚、丁寧に包まれていたのだ。

「お秀の奴、いつの間に」

いわゆる付届けを、そっと入れていたのだ。

「たまにはようございますよ、旦那様」

作彦は、受け取るのも礼儀だと言うが、

「おれは、こういうのは困るのだ。知ってるだろう」

「でもね旦那様、お秀なら、後で面倒なことを頼んでなんかきませんよ。付届けじゃなくって、心付けですよ」

「でもなぁ」

「いっぺん袂に入ったものを返すのは、どうかと思いますよ。あっちはわかってて

受け取ったと思っていましょうから」

「しかしな、これで何度目だ」

慎吾は指を数えて途中でやめた。お秀が世話好きなのはよく知っているし、ここで返したらますます機嫌を悪くするだろうと思い直したからだ。

黙って二分判を納めた慎吾は、海側の門前仲町にある旅籠の暖簾を潜った。

「ごめんよ」

「あ、慎吾の旦那、いらっしゃいまし」

ぱっと明るい笑顔で迎えてくれたのは、五六蔵の女房の千鶴だ。

千鶴は、亭主に代わってこの浜屋をきりまわしている。付届けを受け取らない慎吾は懐具合が寂しく、岡っ引きの五六蔵にまとまった金を渡したことがない。

普通ならそっぽを向かれても仕方ないのだが、文句一つ言わずに力になってくれるのが五六蔵だ。

その五六蔵を支えているのが、この千鶴というわけである。

「女将、親分は帰っているかい」

「ええ、みんなと一緒に話し込んでいますよ。どうぞお上がりくださいな。食事をしていってください。いま支度しますから」

「いつもすまないな。そうだ」

慎吾は袖口から二分判を出した。

「少ないが、これを受けてくれ。心付けをもらったので、お裾分けだ」

「いけません。旦那から受け取ったら、うちの人に叱られますから」

「黙ってりゃいいさ。な、めったにできぬことなんだから受け取ってくれ」

「そうですか、じゃあ、遠慮なく」

「おれのわがままで、女将には迷惑をかける」

「何をおっしゃいます。いいんですよう。こっちこそ、返しても返し切れない御恩があるんですから」

「それよ、その恩というのを、女将の口から教えてくれないか」

「ま、野暮ですよう」

千鶴は笑って誤魔化すと、酒肴《しゅこう》を支度しに板場へ入った。

慎吾と作彦は、勝手知ったる座敷に上がって奥に進む。

旅籠だけあって建物は大きく、段梯子《だんばしご》の上からは、宴会をしている泊まり客のにぎやかな声が聞こえている。

五六蔵はこの旅籠の庭に小さな離れを建てて、手先となって働く若い衆を何人か住まわせている。彼らにかかる生活費は慎吾が出すのではなく、全て千鶴が稼いだ金だ。

五六蔵が亡祖父にどのような恩があるかは知らぬが、慎吾は慎吾で、千鶴に頭が上がらない。

庭に面した一階の居間に行くと、五六蔵と手下たちが揃《そろ》っていた。

「旦那、こちらへどうぞ」

五六蔵が上座をすすめるのに応じて奥に行き、床の間の前に正座し、開口一番に訊く。

「竹三と付き合いがある者はどうだった」

「へい、これがどうもこうも、みんなちょいと名が知れた悪ばかりで」

「ほう」

「特に飲み仲間の英助《えいすけ》という野郎が、ろくでもねえ野郎でしてね。近頃は金貸しの手先もして、相当人を泣かしているようで」

慎吾の目つきが鋭くなる。

「そいつはどこに住んでいる」

「中島町《なかじまちょう》の長屋です」

「竹三を殺す理由がありそうか」

「近所の者が言うには、酒に酔うとしょっちゅう喧嘩をしていたそうなので、十手を突きつけて締め上げようと思ったんですが、旦那の指図を待とうかと思いやして、今は伝吉に見張らせてます」

「そうか、よし、すぐに行こう」

「がってんだ。おうみんな、支度しな」

五六蔵の一言で、詰めていた六人が一斉に立ち上がった。

そこへ千鶴が来た。

「あら、出かけるのかい」

「おお、旦那とお役目だ」

五六蔵は千鶴が持っていた折敷《おしき》からにぎりめしの皿を取り、慎吾に差し出した。

「その前に腹ごしらえを」

「すまぬ女将。いただくぞ」

慎吾は一つ取って作彦に渡してやり、自分も食べた。

あさり飯のにぎりめしは、出汁《だし》と塩気が絶妙だ。

「いつ食べても旨いな」

千鶴は喜び、

「もう一つどうぞ」

別の皿を差し出した。

五

永代寺門前仲町から中島町は目と鼻の先だ。

人通りが多い参道は避けて、南を流れる大島《おおしま》川沿いを西へ向かった。

多くの舟が行き交う大島川を左に見つつ急ぎ足で歩み、大島町を抜け、大島橋を渡って北の方角へ曲がり、長屋に通じる路地へ入った。

「旦那、こちらです」

ところどころ剝げて竹小舞《たけこまい》が出ている土壁の建物の横を歩いている時、物陰から声をかけられて足を止める。すると、軒先に吊るされ、海風に揺れる傘屋の看板の向こうにある家の角から、伝吉が顔を出していた。

傘を貼って暮らす浪人の夫婦に事情を話して、軒先に潜ませてもらい、ここから英助の住まいを見張っていたのだ。

慎吾は駆け寄り、英助の家を見た。

「どうだ、奴は」

「静かなもんです。人も訪ねてきません」

「よし、おれと五六蔵が訪ねる。他の者は、奴が逃げぬように周りを固めてくれ」

無言でうなずく者たちと分かれた慎吾は、五六蔵と路地を歩んでいき、腰高障子の前に立った。

みんなが持ち場につく頃合いを見た五六蔵が、

「英助、いるかい、浜屋の五六蔵だ。お上の御用で訊きてぇことがあるんだがな」

声をかけた。

慎吾が中の様子を探る。

警戒しているのか、物音一つしない。

五六蔵が厳しい目を向けた。

慎吾がうなずくと、応じた五六蔵が前を向く。

「へえるぜ」

言うなり障子を開けた。

すると目の前に男が立っていたので、

「おっ！」

五六蔵が身を反らして驚いた。

「なんだ、いるじゃねえか、脅かすなよ」

「………」

じっとりとした目を向けて立つ英助が、一本前歯が抜けた口を開けて、卑屈な笑みを浮かべる。

「こいつぁどうも。おや、八丁堀の旦那までいなさる」

月代も伸びた頭を下げ、

「今日はいってぇ、何ごとで」

覇気のない声で、ぼそぼそと訊く。

家を掃除していないのか、生ごみが腐ったような臭いが中からしてきた。

あからさまにいやそうな顔をした五六蔵が、

「伊沢町の竹三を知っているな」

厳しい口調で問うと、

「はい、知っておりやすとも。奴が、どうしたんで」

また、ぼそりと言う。

五六蔵は怒気を浮かべた。

「おめぇ、惚けてやがるな。おう、どうなんでい」

「………」

無言で立つ英助の目には力がなく、口も半開きで表情に力がない。

これにはさすがの五六蔵も、調子が狂ったようだ。

「おめぇ、ほんとうに何も知らねぇのか」

「親分さん、いってぇ、なんのことをおっしゃってるのです」

「竹三はな、ゆうべ遅く殺されちまったんだよ」

するど、英助の目が急に力を帯びた。

「親分さん、そりゃ、ほんとうで」

「嘘を言うために、わざわざ来るもんか」

英助はちらと慎吾を見て、動揺している。

五六蔵がたたみかけた。

「おめえと竹三がしょっちゅう揉《も》めていたことはわかってるんだ。番屋にしょっ引かれる前に、全てを話したほうが身のためだぜ」

すると、英助がゆっくりうなずいた。観念したのかと思いきや、

「見せたい物がありやす」

家の中に入って座敷に上がると、片手でひょいと畳をはぐり、裏に貼り付けていた紙切れ一枚を持って土間に下りてきた。

渡された紙を見た五六蔵が、目を丸くして顔を上げた。

「おめぇ、こいつは！」

「見てのとおりですよ親分さん。金を貸しているもんが、命を取ったりしませんよ。一文の得にもなりませんや。冗談じゃねぇ、大損だ」

英助はため息をついて、がっくりと肩を落とした。

五六蔵が問う。

「いくら貸してた」

「まあ、厳密に言えば貸元は別の人で、あっしはただの取り立て役ですがね、十両ほどで。今日はその十両をきっちり返してもらう約束でしたんで、これから行こうかと思っていたところです」

「そんな野郎を、殺すわけはないと言いたいのか」

先回りする慎吾に、英助は目を見てうなずく。

「死んでもらっちゃあ、あっしの仕事がなくなりますんでね」

「なるほどな。嘘を言っている顔ではないようだ」

「当然ですよ、本音だもの。しかし、困った、困った」

ぼそぼそ言う英助は、疑いが晴れたとばかりに勝手に出かけようとする。

五六蔵が戸口を塞いだ。

「おい、どこへ行くつもりだ。まだ調べは終わっちゃいねえぞ」

「親分、こういうことは早くしねえと、あっしらはおまんまが食えねえんですよ」

「そりゃどういうこった」

「亭主がこしらえた借金は女房に払ってもらわねえと。これから行って、おくにに払ってもらいやす」

「女房はいねえぞ。逃げたからな」

五六蔵の言葉に、英助が目を見張る。

「逃げた？」

「おう、もうずいぶん前らしいが、おめぇ知らなかったのか」

ようやく事の次第が飲み込めたのか、英助は狼狽《ろうばい》して五六蔵をどかせ、慎吾に訴えた。

「そ、それじゃ、あっしはどうしたらいいんです。旦那、竹三の家は調べられたので？」

「ああ、調べた」

「十両が出てきたでしょう。あれは、あっしが預かる銭ですぜ」

「十両どころか、十文もなかった。なあ、五六蔵」

「へい」

慎吾は考え、

「よっぽど金に困っていたか、それともこの日に何らかの当てがあるから、今日を返済の日にしたのか」

見当をつけて口に出すと、英助が答えた。

「おっしゃるとおり、竹三は金に困っているようでしたが、昨日金が入ると言ってましたぜ。念のため今日の夜まで待ってくれってんで、今の今まで待ってたんだ」

「十両もの大金を、どこで手に入れるというのだ」

慎吾に続き、五六蔵が口を開く。

「まさか、押し込みでもやるつもりだったのか」

責める口調に、英助は激しく首を横に振る。

「そこまでは聞いておりやせん。それより旦那、竹三の亡骸《なきがら》は、誰が引き取ったんです」

「霊岸島の国元華山だ」

「有名な女医さんだ。でも旦那、なんでまた医者に」

「あそこしかなかったからだ」

「それじゃ、まだ亡骸は医者のところにあるので？」

「ある」

「そいつは好都合だ。それじゃ、ごめんなすって」

勇んで歩む英助の背中に慎吾が声をかける。

「おい、勘違いをするな。言っとくが、その証文を持って行っても無駄だぜ」

英助がぴたりと歩みを止めて振り向いた。

「どうしてです？」

「華山はただの医者だ。竹三の身内ではないからに決まっているだろう」

「そんな」

途方にくれたような目を向ける英助に、

「まあ、貸した金はあきらめることだ。邪魔したな」

慎吾は肩をたたいて長屋から出た。

後に続く五六蔵は、証文を持った手をだらりと下げて棒立ちする英助を見て、慎吾に駆け寄る。

「旦那、英助の奴は、どうやら下手人じゃないようですぜ」

路地から出ると、作彦や下っ引きたちが集まってきた。

慎吾は五六蔵と戻りながら言う。

「そう決めるのはまだ早い。奴はまだ何か隠しているかもしれぬぞ」

「いやあ、そいつはどうですかね。あの落ち込みようですよ。それに、英助はまだいいほうで、他の者はもっと困っていたんですから、そちらに目を向けたほうがよろしいかと」

帰りの道すがら五六蔵が言うには、竹三の酒癖の悪さはどうしようもなく、居酒屋のつけは払わない。酔っての喧嘩は常日頃で、弾みで誰かに殺されても不思議じゃないという。

慎吾は足を止めて顔を向けた。

「五六蔵は、竹三が喧嘩の末に殺されたと、筋読みしているのか」

「あっしは、それもありってことかと思いはじめてやす。これから夜の町を歩いて、昨日の竹三の足取りを調べてみようかと」

「そうか。ならばおれも行こう」

「いえ、旦那、今日はお母上の命日じゃございませんか。後はあっしらにおまかせを」

「そうはいかぬ」

「いえ、今日は大丈夫です。おまかせください」

五六蔵が頭を下げ、道を空けようとしない。

慎吾は仕方なく、五六蔵の厚情に甘えることにした。

「それじゃすまぬが、引き続きおくにの探索のほうも頼むぜ」

「承知しやした」

五六蔵に背中を押されるように探索を打ち切った慎吾は、夕闇に染まる福島橋《ふくしまばし》の袂で皆と別れ、八丁堀の組屋敷へ引き上げた。

第三章　意外な一面

一

慎吾と作彦が八丁堀の七軒町《しちけんちょう》に帰った時には、あたりはすっかり暗くなっていた。居酒屋の赤提灯《あかちょうちん》や、遅くまで商いをしている商家の明かりを頼りに通りを歩み、同心組の長屋や屋敷が並ぶ路地に入ると、辻灯籠《つじどうろう》の頼りない明かりを辿《たど》って屋敷に帰った。

開けられたままの木戸門を潜ると、作彦がいつものように戸締まりをする。

立ち止まって見ていた慎吾の背後から、

「旦那様、お帰りなさいまし。作彦さん、門は開けたままになさってください」

下男の嘉八《かはち》が頭を下げるものだから、

「あいよう」

作彦は素直に応じて、再び門を開けた。

ちょうちんをぶらさげた嘉八が歩み寄ってくるのへ、慎吾が問う。

「お越しなのか」

「はい。先ほどからお待ちかねでございます」

慎吾は、頭を下げる嘉八の背後に目を向ける。

戸口で片膝をついている男は、着物の裾を端折った中間の格好をしている。

三十過ぎの、精悍《せいかん》な顔立ちをしたこの者は、五十になった下男の嘉八とは仲が良く、主人に付き添って来た時は、楽しげに世間話をして待っているのだ。

「宗助《そうすけ》、ご苦労だな」

慎吾が声をかけると、中間の男が笑顔で応じて頭を下げた。

「今夜は冷える。中に入ったらどうだ」

「いえ、わたくしはここで」

「そうか、言うまでもないだろうが、隣の者に見られぬようにな」

た。

作彦から、明香堂の文右衛門がくれた風呂敷包みを受け取り、慎吾はそれを眺めた。

三和土《たたき》に草履が見当たらないのは、宗助が懐に持っているからだろう。

家の中には、亡母が好きだった白檀《びやくだん》の香りが漂っている。

慎吾は戸口から入った。

「心得ました」

中身はおそらく、今香っているものと同じ銘柄の物。

そう思いながら、慎吾は座敷に上がった。

「旦那様のお帰りです」

作彦は声をかけると背を返して、自分が寝起きしている裏の長屋へ帰っていく。

すぐに衣擦れの音がして、明かりが近づいてくる。手燭《てしょく》を持って出迎えてくれたおふさは、この日にだけ見せる神妙な面持ちをしている。

「旦那様、お帰りなさいませ。お身体の具合はいかがでしたか？　お熱は下がりましたか」

まるで母親のように訊くおふさに、慎吾は微笑んでうなずく。

「朝よりはずいぶん良くなった」

「無理をなさらずにと言いたいところですが、奥で御奉行様がお待ちかねでございます」

「うん。これは、明香堂の文右衛門からだ」

慎吾はおふさに風呂敷包みを渡し、刀を鞘《さや》ごと抜いて右手に持った。足下を照らすおふさの後に続いて歩み、廊下の奥にある仏間に向かう。

障子が開けられた部屋から漏れる蠟燭の明かりが、狭い庭にひらひらと舞う桜の花びらを照らしている。

仏間の前に行くと、

「戻ったか、慎吾」

こちらが声をかける前に気配を察したらしく、中から声をかけられた。

「ただいま戻りました」

自分の家だが、遠慮して障子の陰で廊下に正座する。

しばしの沈黙があり、中で衣擦れの音がした。

「入れ」

「はは」

慎吾は刀をその場に残して両手をつき、膝行《しっこう》した。中に向かって居住まいを正し、顔を見ずに頭を下げる。

「お役目ご苦労」

「ははぁ」

「ここはおぬしの家じゃ、そうかしこまらずに、面を上げよ」

「はは」

慎吾はようやく顔を上げると、

「あっ！」

思わずのけ反り、目を見張る。

そこには、神妙な表情をした静香がいて、じっとこちらを見ていたからだ。

静香の横で、榊原忠之が困り顔をして、

「どうしても連れて行けと申して聞かぬのじゃ」

指で頬をかきながら言う。

見られてはならぬものを見られたような気がして、慎吾が言葉を失っていると、静香が口を開く。

「兄上」

「あ、あに、うえ」

動揺してしどろもどろになる慎吾にかまわず、静香が膝を進めて近づいた。

「兄上のことは、この世に産声《うぶごえ》を上げられて今日までのことを、父上からうかがいました。これまでの父上の振る舞い、どうかお許し下さい」

絶句する慎吾に、静香は両手をついて頭を下げた。

慎吾は榊原に顔を向け、
どういうことですか。

と、目顔で訊いた。

すると榊原は、また困り顔をして静香を指差し、口真似《くちまね》で何か訴えた。

何を言いたいのかさっぱりわからぬ慎吾が首をかしげると、榊原は声に出す。

「先日にな……」

「父上！」

「はい」

びくりとして口を閉ざす榊原に、静香が顔を上げて振り向く。

「わたくしからお話しします」

ぴしゃりと言われて、榊原はたじたじだ。

名奉行で知られた榊原も、娘に弱みをにぎられてはどうにも頭が上がらなくなったとみえる。

動揺する男二人にくらべて、静香は十七歳とは思えぬ落ち着きを見せていた。

「兄上」

「…………」

慎吾が応じずにいると、

「父上とわたくしといる時だけ、そう呼んでもよろしいでしょうか」

静香は真っ直ぐな目を向けて言う。

どうしたものかと考えた慎吾は、姿勢を正し、改めて静香を見る。

「それがしは不浄役人。榊原家の姫様が、兄上などとお呼びになってはなりません」

はっきり身分の違いを示したのだが、静香の耳には届かないようだ。眉間に皺《しわ》を寄せ、納得がいかぬ顔をする。

「身分がどうであろうと、兄上に変わりないのですから兄上と呼ばせてください」

返答に困っていると、

「先日、母上の使いで宗林寺《そうりんじ》に出向いた折りに、寺町の明香堂に入られる父上を見かけたのです。声をかけようと店の中に入ろうとしたのですが、慎吾様はお元気で、と言う店主の声が聞こえました。その時わたくしは、この胸にひっかかっていた物が取れた気持ちになったのです。なぜなら、わたくしはこの顔を鏡で見るたびに、母上がおっしゃるように、慎吾様と似ていると思っていたからです」

「それで、訊いたのですか」

慎吾が言うと、静香はうなずいた。

「前々から、慎吾様と父上とのあいだには、何かあるのではと思っていたものですから」

真実を知って驚愕《きようがく》したに違いないはずだが、静香の声は落ち着いており、膝の上の白い手は、心持ちを示すように、ゆったりと添えられている。

慎吾が顔を上げると、静香は眼差しを下げた。

「奥方様に、話されたのですか」

静香は首を横に振った。

「父上に止められていますので」

「聞かれた時は、さぞかし驚かれたでしょう。申しわけございません。でも、忘れてください。わたしは、一介の不浄役人です」

静香は驚いた顔をする。

「兄上、勘違いなさらないでください。わたくしは、あなた様が実の兄であったことが嬉《うれ》しいのです」

「嬉しい……」

慎吾は一瞬何を言われたのかわからず、

「今、嬉しいと申されましたか?」

そう訊き返すと、静香は目を赤くして、精一杯の笑顔を浮かべた。

「わたくしは、前々から思っていたのです。忠義《ただよし》兄様ではなく、お優しい慎吾様が兄だったらいいのにと。すぐにでも母上にお話しして、榊原家にお入りいただきたいのですが……」

父上が許しませぬ、と言いかけて、静香は口ごもった。

その口を引き継いだ榊原が、慎吾に言う。

「明香堂で問い詰められた時は、正直どうなるかと思い肝を冷やしたのだが、このように涙を流して喜びおってな。よほどに、お前と兄妹であることが嬉しかったのであろう。今だから申すが、静香は日頃から、忠義ではなくお前が兄であったらよいと、申していたからのう」

榊原は声も表情も優しいが、向き合うその目の奥では、子として屋敷に入ることはできぬ、と、慎吾に訴えている。

慎吾は目顔で、わかっていると応じて、

「なれど姫、わたしは夏木家を継ぐ者。榊原の家に入ることはできませぬ」

きっぱり言うと、静香は残念そうに目を伏せた。そして、思い直したように顔を上げた。

「今日は、兄上の母上様のご命日と聞き、わがままを申して連れてきていただきました。どうしても、お礼が言いたかったのです」

「お礼？」

「はい。兄上と兄妹にしていただいたことへのお礼です」

「…………」

静香の真っ直ぐ過ぎる気持ちを告白されて、なんと答えたらいいかわからなかった。

その心境を察したか、榊原は線香代だと言って紙の包みを仏前に置き、立ち上がった。

「今日は、これにて帰る」

静香が膝を転じて見上げた。

「父上、もう少し兄上とお話がしとうございます」

「ならぬ。さ、帰るぞ」

「わざわざのお越し、かたじけのうございます」

慎吾は身を引いて榊原に出口を譲り、頭を下げた。

廊下に出た榊原が、静香を促す。

「兄上……」

慎吾は、黙って頭を下げたままだ。

静香は突き放された気がしたのか、悲しそうな顔をうつむけ、ゆるりと立ち上がった。廊下に出ようとしたが、慎吾の前で歩みを止め、正座する。

「兄上、これだけはお教えください」

「お答えできることなれば」

「兄上は、父上を怨んでいるのですか」

「……いえ」

「それを聞いて安心しました。どうか、わたくしを妹と思ってください」

慎吾が顔を上げると、静香は微笑んでうなずき、

「わたくしは、誰がなんと言おうと、兄上と思います」

榊原の後を追っていく。

慎吾は廊下まで出たが、帰る静香に、どうしても声をかけられなかった。


その夜、慎吾は、静まり返る廊下に座り、夜桜を眺めていた。

自分と兄妹であることを喜ぶ静香の言葉がずっと耳の中で聞こえ、眠れないのだ。

祖父と母の他に、自分を家族と言ってくれる者がこの世にいるとは、思いもしなかった。望まれずにこの世に生まれてきたと思いながら、今日まで生きてきたからだ。

三年前、母が死の病に倒れるまで、慎吾は父親の一切を知らされていなかった。名前も、生きているか死んでいるのかも知らされず、訊くことさえも許されなかった。

祖父は厳格な同心であったが、母が一人で子を産むことを許し、生まれた慎吾を我が子として育ててくれた。

家の中では幸せであったが、一歩外に出ると、父親がどこの誰かもわからず、生きているとも死んでいるともわからぬせいで、慎吾に対する世間の目は冷たかった。

今になって思えば、同心の娘が嫁にも行かずに子を産んだのだから、風当たりが強いのは当然だ。それゆえ、顔にこそ出さなかったが、祖父も母も、ひとかたならぬ苦労をしていたであろう。

結局祖父は、父親の名を明かすことなく、ただ一言、

「江戸の民のために私欲を捨て、お役目に励め」

同心の心得を残して逝った。

父の名を知ったのは、母が死の床についた三年前の、桜の蕾《つぼみ》が色付きはじめた頃だった。

突然、榊原が屋敷を訪れ、意識が朦朧《もうろう》とする母の手をにぎって、落涙したのだ。

すがるような母の顔を見たのは、その時が初めてだった。

そして、母は慎吾をそばに呼び、

「慎吾、落ち着いて聞くのです」

榊原の手をにぎったまま、反対の手で慎吾の手を取った。

「母はもうすぐこの世を去りますが、お前は、一人にはなりませぬ。ここにおられるお方は、お前の父上です」

慎吾は慌てて下がり、平身低頭した。

同心にとって、町奉行は雲上人。そんな人物が己の父とは、信じることができなかった。

病魔のせいで、見舞いに来てくれた榊原のことを、かつて契りを結んだ人と間違えたに違いない。

そう思った慎吾は、母の非礼を詫《わ》びたのだ。

だが、榊原は、

「まことのことじゃ」

言葉にした刹那《せつな》に、母の手を己の頰に当てて嗚咽《おえつ》した。

若き日に恋仲になった二人は、身分の違いから夫婦になることを許されず、涙を飲んで別れていた。

榊原は母と別れてひと月もせぬうちに、今の奥方と夫婦になったのであるが、互いに忘れられず、一年後にたった一度だけ会った。逢《あ》い引きだ。

会ったのは、それが一度きり。

それゆえ榊原は、

「りくがお前を産んでいたことを、わしは知らなかったのだ」

目を閉じた母の顔を見ながら、慎吾に言った。

慎吾が自分の子であることを知ったのは、公儀の目付役をしていた時だった。当時に起きた、旗本と町人が関わり合った事件を裁くため北町奉行所に赴いた際、夏木周吾の娘りくが、未婚で産んだ男児を育てているという噂を耳にし、もしやと思い、組屋敷を訪ねたのだ。

初め母は、慎吾が榊原の子であることを認めなかった。だが、たった一夜の逢い引きをした時と慎吾の歳が合うといって問い詰められ、根負けして真実を告げたのだ。

以来榊原は、密かに金子《きんす》を送り続け、慎吾の成長を陰から見守っていた。

元服の祝いで祖父がくれた夏木家家宝の脇差は、実は榊原が慎吾に与えてくれた愛染国定。

母は榊原に手をにぎられながら、隠していたことを詫び、教えてくれたのだ。親子三人が揃ったのは、その日が最初で最後だった。

そして数日後、慎吾は母を看取ったのである。

「父上を怨んではなりませぬ」

それが、母の末期の言葉。

遺言を胸に、前を向いて生きようと決めた慎吾は、榊原に誘われれば素直に応じてお忍びで酒を飲みに行き、いい付き合いを保っていたのである。

秘密を静香に知られてしまったが、あの様子では、さして波風は立つまいと、慎吾は思う。

まあ、なるようになろう、とも思い、深く考えぬことにした。

「三年前のあの日も、桜が舞う夜でしたねぇ、母上」

なぜだか近くに母がいるような気がして、慎吾はふと空を見上げて、声に出してみた。

二

翌朝、慎吾は大川を渡り、浜屋を訪ねた。

五六蔵はゆうべ遅くまで探索をしていて、まだ眠っているという。

女房の千鶴がすぐ起こすというので、いつもの奥の部屋で茶を飲みながら待っていると、目を赤くした五六蔵が身支度をすませて出てきた。

「起こしてすまぬ」

「とんでもないこってす。あれほど起こせと言ったのに、千鶴の奴が言うことを聞きませんで、すっかり朝寝をしてしまいました」

頭を下げる五六蔵に、慎吾は微笑む。

「おれが早過ぎたのだ。それに、女将は身体を心配して寝させたんだから、そう怒るなよ」

ばつが悪そうな顔をする五六蔵に、慎吾は改めて訊く。

「さっそくだが、竹三の足取りはどうだった」

「それがですね旦那、一昨日《おととい》に限って竹三の奴、どこにも顔を出していません」

「大人しく家にいたというのか」

「どうもそうらしいのです。それから、金に困っていたくせに、飲み屋のつけをきれいに払っていました」

「まとまった金が入ったのだな」

「どの店の者も、何があったのか不思議がっていました。ろくに働く様子もないくせに、近頃は金払いが良かったそうで」

「ほぉう。確か仕事は、木場の人足だったたな」

「へい」

「どこの店の木場だ」

「西永町《にしながちょう》の材木問屋、信濃屋喜兵衛《しなのやきへえ》のところです」

「信濃屋といえば、名が知れた大店だな」

「おっしゃるとおりで、吉原《よしわら》に繰り出した日には、気前よく金をばらまいているそうです」

「豪儀だな。それだと、雇っている者たちにも格別な手当てでも出したのかもな」

「それはどうかと。なんせ飲み屋のつけは、合わせて五両ですから」

慎吾は目を見張った。

「そんなに溜《た》めていたのか」

「へい」

「確かに、いくら羽振りが良くとも、人足一人に五両は出すまいな」

「しかも竹三は、つけを払った後もたっぷり酒を飲んでいたようですから、持っていたのは五両よりも多かったはずです」

「金貸しには金がないと嘯《うそぶ》いて、飲み歩いていたか」

「はなっから返す気がなかったのかもしれやせんね」

慎吾は、竹三が英助に十両の金が入ると言っていたことを思い出した。

なんらかの理由でまとまった金が入っていたとすれば、金貸しに返す気が変わり、飲み屋のつけをすませたのだろうか。

慎吾は考え、五六蔵を見た。

「おれはこれから、信濃屋に行ってみる。五六蔵は、竹三の女房のほうを頼む」

「承知しやした」

中間の作彦と共に浜屋を出た慎吾は、二十間川《にじっけん》のほとりを北に向かった。

緋鯉《ひごい》と真鯉が並んで優雅に泳ぐ二十間川の川面《かわも》が、朝日できらきらと輝いている。

目を転じて、往来する猪牙舟《ちょきぶね》を眺めながら、木材を運ぶ荷車の後ろに続いて河岸を歩く。

建ち並ぶ商家の中で、信濃屋の間口の広さは一際目立ち、堂々とした構えだ。

看板はあるじの趣味なのか、他の店の物とくらべても一回りは大きく、黒塗りに金の文字が映えて、どっしりとした見事な物だ。

慎吾は草色の暖簾を分け、中を見た。

薄暗く、土間が湿り気味でかび臭い。

目につくところに奉公人の姿はなく、店の中はがらんとしている。

「おぉい、誰かいるかい」

遠慮がちに声をかけると、

「へぇい。ただいま」

正面の襖《ふすま》の奥から声がした。

続いて、その襖が糸ほどの細さに開けられた。

奥からこちらの様子をうかがう気配があるので慎吾が十手を見せると、慌てて襖を開けた中年の男が、

「これはこれは、お役目ご苦労様でございます」

いそいそと出てきて、板の間の端で正座した。

白線の丸の中に信の字を染め抜かれた藍染めの前垂れをした男は、

「番頭の、三之助《みのすけ》と申します」

と名乗り、鬢《びん》が薄くなった頭を下げた。

「ちと、訊きたいことがあって来た」

「どうぞ、おかけになってくださいまし。今お茶を。おおい、誰か、八丁堀の旦那にお茶をお出しして」

「はい、ただいま」

店の横手の奥から応じる女の声がした。

慎吾はすすめに応じて、上がり框に腰かけた。

膝の上で揃えた手を落ち着きなく動かしている三之助は、神経質そうな顔に不安をにじませている。

表情を見ていた慎吾は、茶を持って出てきた若い奉公人の女から湯飲みを受け取り、一口飲んだ。

「旨い茶だな。ありがとうな」

奉公人の女は笑顔で応じて、作彦にも茶をすすめる。

三之助がしびれを切らせた。

「あのう、ご用件は」

「うん。訊きたいのは竹三という者のことだ」

「竹三さん」

「覚えがあるだろう。人足として雇っていたことはわかっているのだが、間違いないな」

「どちらの竹三さんでしょう」

「伊沢町の義三長屋の竹三だ」

首をかしげる三之助に、慎吾は厳しい目を向ける。

「番頭ともあろう者が、雇った者を覚えていないのか」

三之助は首を縮めた。

「あいすみません。何せ百を超える人数がいますもので。今すぐ調べますので、こちらで少々お待ちを。おぉい、菓子をお出ししなさい」

「はぁい、ただいまぁ」

奥に下がっていた若い女の声が返ると、三之助は帳場に下がって、帳面を調べにかかった。

せわしない様子で、ぶつぶつ独り言を言いながら指を舐《な》め舐め、帳面をめくっている。

程なく、先ほどの若い女が出てきた。

改めて見る顔は、くっきりとした目鼻立ちをしている。

笑みを浮かべている女は、真っ白いまんじゅうを重ねた皿を置き、

「ごゆっくり」

明るく言って戻った。

「旦那様、可愛い娘ですね」

作彦が鼻の下を伸ばして後ろ姿を見つめながら、まんじゅうに手を伸ばしている。

一口食べて、目を見張った顔を慎吾に向ける。

「先にいただいてしまいました」

慎吾は笑った。

「気にするなよ」

「お毒味ということで」

「馬鹿」

「しかしこれ、旨いですよ」

あまり腹は減っていなかったが、作彦がすすめるので一つ手に取った。

つるつるの皮は表面が案外固く、中のあんはほどよい甘さだ。

「確かに旨いな」

「でしょう。さすがに大店だけあって、菓子一つにしてもいい物を置いてますね。

お茶も上等ですよ」

　嬉しそうな作彦に微笑んでいると、

「ああ、ありました」

　三之助が、やっと見つけた、と言わんばかりの声をあげた。

　慎吾がまんじゅうを置いて帳場に振り向く。

「いたかい」

「はい」

　三之助は人足台帳を持ってきた。

「確かに、手前どもの木場で働いております」

　見せられた台帳には、在所である長屋と名が記されている。

「あのう、旦那、竹三が何かやらかしたのですか」

「うむ、何者かに殺されたのだ」

　三之助が目を丸くした。

「なんですって！　あの竹三が！」

　あまりの驚きように、慎吾が鋭い目を向ける。

「忘れていたくせに、その口調だとよく知ってるように聞こえるが」

「はい。台帳を見て、材木問屋に竹の字とはおもしろいと言っていたのを思い出しまして、顔と名が頭に浮かんだのでございます。ここをご覧ください」

示された台帳には、竹三の名と在所の他に、人柄を書き込んである。

「ほぉう、人柄は良と記してあるな」

三之助の背後の襖が開いたので、慎吾はそちらに目を向けた。

出てきたのは、三十歳前後の男だ。

三之助が気付いて膝を転じる。

「旦那様、大変です。義三長屋の竹三が殺されたそうです」

「なんだって」

途端に表情を一変させたあるじが早足で来ると、三之助の横で正座し、慎吾に頭を下げた。

月代をきれいに整え、こざっぱりした若旦那風の男は、

「この店のあるじ、喜兵衛《よ》でございます」

神妙に名乗り、人の好さそうな顔を曇らせ、怯《おび》えた様子で落ち着きがない。

「何を恐れている」

慎吾が問うと、喜兵衛はそわそわと訊く。

「物騒だと思いまして。竹三が殺されたことと、手前どもに関わりがあるのですか。下手人が誰か、わかったのでございますか」

「いや、今調べているところだ。邪魔したのは、竹三のことを訊きたくてな」

「さようでございましたか」

「心配そうだな」

慎吾が言うと、喜兵衛は苦笑いをした。

「何せ大勢雇っていますから、仲間どうしの揉めごとで殺されてしまったのなら、大変なことだと思いまして」

店の者に関わりがあるなら、商売に響くと思っているのか、喜兵衛は動揺し、額に汗をかいている。

無理もないことだと思う慎吾は、竹三のことを訊かせてくれと言った。

すると喜兵衛は、三之助に答えるよう促す。

応じた三之助が、居住まいを正した。

「それはもう、良く働いてくれました。気も優しくて、面倒見もようございましたので、人足仲間からは慕われていました。それがまさか殺されただなんて……」

喜兵衛が大きくうなずいて言う。

「まったくです。お役人様、わたしは信じられません。竹三さんは、人から怨まれたりしないはずですから」

慎吾は目を細めた。

「お前たちの話は、こちらが調べたこととは裏腹だな」

喜兵衛が不思議そうな顔をする。

「それは、どういうことですか」

「竹三は毎日飲んだくれて、借金はするわ、喧嘩はするわで女房に愛想を尽かされ、今は一人で住んでいた」

「まさかそのような……」

喜兵衛と三之助は、信じられないという顔を見合わせている。

慎吾は続ける。

「竹三は近頃羽振りが良かったようだが、格別な給金でも出したのか」

「番頭さん、そうなのかい？」

　喜兵衛に訊かれて、三之助はかぶりを振る。

「いいえ、出していませんが」

「だそうです。すみません、金のことはまかせていますので」

　喜兵衛にうなずいた慎吾は、三之助を見た。

「給金の前貸しは」

「していません」

「給金のほかに、一切金を渡してないんだな」

「はい」

「仕事もしていなかったようだが、どうなんだ」

　探る目を向けると、

「ちょっとすみません」

　三之助は台帳を引き寄せて手に取り、文字に沿って指を走らせて止めた。

「確かに、ここ一月ばかり休んでいます」

「そうか。竹三は殺される前に大金を持っていたのだが、いったいどこから得たと思う」

「さあ、元々まじめな男ですから、貯め込んでいたのでは」

「それはない。高利の金貸しに借金をしていたからな」

三之助が苦笑いを浮かべた。

「仲のいい人足が何人かいますので、知っているかもしれません」

「ではその人足たちに話を聞きたいのだが、案内してくれるか」

「はい」

「今から頼む」

「承知しました」

「番頭さん、わたしが行くよ」

三之助が支度にかかろうとするのを喜兵衛が止め、慎吾に笑みを向ける。

「丁度今から、木場に行こうと思っていましたので」

「では頼む」

店から出た慎吾は、喜兵衛の案内で、三好町《みよしちょう》から枝川を渡って吉永町《よしながちょう》に行くと、広大な材木置場に入った。

「これは凄い」

作彦が目を丸くして見渡すほど、広い土地に材木が積まれている。

木場へは初めて足を踏み入れた慎吾も、圧倒された。

「ここまで広いとは思いもしなかった。これすべてが、お前のところの材木置場か」

「今いる場所から見える限りです。その先には、別の店の木場が広がっています」

「それにしても、景気がよさそうだな」

喜兵衛は首を横に振る。

「日本橋の大店や、大名家の材木を預かっておりますもので数は多いのですが、実入りはそうでもありませんよ」

「謙遜するなよ」

慎吾は笑った。

火事が多い江戸では、財に余裕がある商家や武家のほとんどが、いざ火事で家屋敷が焼け落ちてもすぐ再建できるよう、材木を貯めている。

そのほとんどがこの深川の木場に集められているが、信濃屋の材木置場は、他の問屋よりも広いように思えた。

　預かるだけなので、さして儲《もう》からないと喜兵衛は謙遜するが、薄給の身である慎吾には想像もつかぬほどの銭を扱っているはず。

　今こうしているあいだにも、木を載せた船が岸に滑り着き、待ち構えていた人足たちが降ろしにかかっている。

　一方では、仕上げを終えたばかりの材木を船に運び、声をかけ合いながら慎重に積み込んでいた。

　忙しく動き回る人足たちの中に目を留めた喜兵衛が、

「おぉい、育五郎《いくごろう》」

　声をかけると、大きな体格の男が立ち止まり、喜兵衛に気付いて駆け寄ってきた。

町方同心の慎吾がいることに驚いたような顔をしてぺこりと頭を下げ、喜兵衛の前に行く。

「大変だよ育五郎。竹三が殺されたそうだよ」

　育五郎が仰天した。

「なんですって！」

頰被《ほおかぶ》りしていた手拭いを取り、慎吾に丸い目を向ける。

「八丁堀の旦那、そりゃほんとですかい」

「うむ」

「いつです」

「昨日の朝、長屋で冷たくなっていたのだ」

「てぇへんだ。おいみんな！　竹三が殺されちまったってよ」

育五郎が大声をあげると人足たちは騒然となり、すぐさま集まってきた。

「なんであんなにいい奴が」

「いってえ誰がやりやがった、ちくしょうめ」

口々に言い、

「旦那、下手人はわかったんで？」

一人が言うと、皆が慎吾を見てきた。

「わからないからこうして調べに来ている。竹三がおめえさんたちにとって大事な仲間だということはよぉくわかったんだが、誰かに怨まれている様子はなかったか」

するとと、無精髭《ぶしょうひげ》の男が言う。

「旦那、竹三が人に怨まれるわけねぇですよ」

隣にいる育五郎がうなずく。

「そうですとも、あんなに面倒見のいい奴が、怨まれるわけねぇです」

「そこがわからんのだ。殺される前の竹三については、いい話が耳に入らない。かと思えば、お前さんたちはべた褒めだ。どっちがほんとうの竹三なんだ」

「いいほうに決まってます」

育五郎が言うので慎吾が見ると、目に涙を浮かべていた。

「近頃は旦那、竹三の奴、この木場で倒れた材木の下敷きになって大怪我をした仲間の暮らしを、助けていたんです」

「それはつまり、怪我をして働けなくなった者に、銭を渡していたということか」

「はい。先日見舞いに行った時、女房がそう言って喜んでいやしたから、ほんとうです」

「それは、栄作《えいさく》のことかい」

喜兵衛が訊くと、育五郎はうなずいた。

喜兵衛は納得がいかない面持ちで首をかしげた。

「竹三さん自身が楽な暮らしではなかっただろうに、日々小銭を貯めていたのかね」

すると、育五郎が手をひらひらとやる。

「とてもとても、貯められるもんじゃございません。渡したのは二両ですから」

「二両ねぇ」

喜兵衛にとっては、たいした金ではないようだが、慎吾は驚いた。

「おい、竹三は、その栄作とやらに二両も渡したのか」

「はい」

「どうやって稼いだと思う」

「さあ、わかりません。栄作が訊いたそうなのですが、教えてくれなかったと言っていました」

慎吾はうなずき、人足たちを見た。

「誰か、竹三が何をして稼いでいたか知らぬか」

各々知らないと言い、顔を見合わせている。

慎吾が育五郎に訊く。

「一番親しかったのは、栄作か」

「はいそうです」

「では栄作に訊いてみるとするが、どこに住んでいる」

「あそこに見える、長州《ちょうしゅう》様の町並屋敷の向こうです」

育五郎が、陽気に霞《かす》む町の方を指差している。

「島田町《しまだちょう》か」

「はい。そこの女郎長屋で」

「ああ、あそこか。手を止めてすまなかったな」

慎吾が礼を言って振り向くと、作彦が目を輝かせていた。

「これから行きますか。女郎長屋とやらに」

期待を込める作彦に、人足たちが笑った。

育五郎が言う。

「昔は確かに岡場所の女郎たちが住んでいたんでついた名ですがね、肝心の岡場所がお上に召し上げとなってからは、所帯持ちばかりが住んでるんで」

作彦は途端に、つまらなそうに肩を落とした。

「残念だったな」

慎吾が肩をたたき、喜兵衛に顔を向ける。

「邪魔をした」

「いえ、とんでもないことでございます。お役目ご苦労様です」

「そいつは引っ込めてくれよ」

付届けを渡そうとする喜兵衛に背を向けて、慎吾は木場の出口に向かった。

「旦那、下手人をとっ捕まえて、竹三の怨みを晴らしてやっておくんなせえ」

背後から声をかける育五郎に、慎吾は手を挙げて応じた。

三

慎吾と作彦は要橋《かなめばし》から扇町《おうぎちょう》に渡り、右手側を流れる川の対岸に、長州藩毛利《もうり》大膳《だいぜん》大夫《だいぶ》の町並屋敷を見つつ南に歩んだ。

町並屋敷は大名の屋敷が建っているのではない。大名の土地を女中やお抱え医師などに給与するためのものであり、それを与えられた者たちは町人に土地を貸して、地代を稼ぐのである。

ゆえに、大名家の領地であるこの一郭は、町人が住んでいても町奉行所の手は及ばず、よって慎吾の持ち場ではない。

町並屋敷に渡る橋の袂で左に折れて、亀井橋《かめいばし》を木場町《きばちょう》に渡った。

名の通り広大な木場と材木問屋が集まる町なのだが、町の半分は製材前の原木を貯蔵する水路であるため、なんとも景色が美しい。

この美しい景色を売りにする料理屋が建ち並び、大店の寮などもある。

水路に浮かべて留め置かれた筏《いかだ》に乗って釣りを楽しむ者や、巧みな技で筏を運ぶ人足たちの姿を水面《みなも》に見ながら、慎吾は筑後橋《ちくごばし》から島田町に渡った。

ゆったりとした木場の雰囲気とはがらりと変わり、町の道は行き交う人々でにぎやかだ。

辻にある自身番に立ち寄って女郎長屋の在処《ありか》を訊き、詰めていた番人が茶を出すというのを断って先を急いだ。

目当ての女郎長屋は、川を一つ南に渡り、二十間川沿いを南にくだったところにある小さな稲荷《いなり》の奥にあるというので、慎吾は稲荷を探しながら歩いた。

「昔はこのあたりが女郎屋街だったのですかね」

町並みを見ながら作彦が言った。

通りに並ぶのは居酒屋が多く、たまにそば屋があり、そうは思えなかった。

「表じゃなく、一つ二つ奥まったところで隠れて商売をしていたか、川に浮かべた屋形船あたりで客を引いていたのではないか」

言っているあいだに、通りの左側に大小の商店がびっしり並ぶところに出て、買い物客で混雑してきた。中には旅籠もあるので、前はこのあたりで客を引いていたのかもしれないが、今の景色からは想像ができない。

稲荷があると言っていたが、浅草田んぼの吉原遊郭を真似てのことかもしれないと思いながら、祠《ほこら》を探した。

「旦那様、あれですかね。奥に長屋があります」

作彦が見つけて、小走りで先に行った。

商家が並ぶ路地の奥には、確かに長屋の木戸門がある。

慎吾は歩を早めて作彦を追い、木戸門を入った。

今は所帯持ちが暮らす長屋だけに、長屋の路地では大勢の子供たちが遊んでいた。

「道を空けてくれ」

路地を塞いでいた子供たちに作彦が言うと、緋房《ひふさ》の十手を腰に差す同心が珍しいのか、遊ぶ手を止めて慎吾を見てきた。

風車を持った男の子が息を吹きかけて回して見せるので、

「おい坊主、いい風車だな」

褒めてやると、鼻を膨らませて自慢げな顔をした。

慎吾は屈託ない笑みを浮かべて、年長の男の子に訊く。

「この長屋にな、栄作って人が住んでるか」

「うん、いるよ」

「そうかい。どこだか教えてくんねえかな」

「あっち」

男の子は奥を指差して走り、風車を持った男の子も続いて走っていく。

他の子供たちもそれを追っていく。

ふと作彦を見ると、子供たちを愛《いと》しげに見ていた。

女房が連れていってしまった息子のことを思い出しているのだろうと察した慎吾は、さぞかし寂しいだろうと胸を痛めた。

その眼差しに気付いた作彦が、誤魔化すように前を向く。

「子供たちが待っています。行きましょう」

「うむ」

歩みを進めた慎吾は、子供たちに礼を言って下がらせ、腰高障子をたたいた。

「お上の御用で訊きたいことがある、開けてくれ」

中から返事をする女の声がして、戸が開けられた。

「栄作はいるかい」

浅黒い肌の女房は、驚いたような顔をして、

「うちの人が何かしたんですか、旦那」

いるいないを答える前に訊いてきた。

慎吾は表情を曇らせた。

「竹三を知っているな」

「ええ、よくしてもらっています」

「その様子だと、殺されたことをまだ知らないようだな」

「えっ！」

「今下手人を捜しているところだ。ちと確かめたいことがある」

「………」

絶句して口を押さえた手を、わなわなと震わせている女房は、耳に入っていない様子。

「大丈夫か。おい」

慎吾が腕をつかんで揺すると、女房は我に返り、奥に向かって叫んだ。

「あんた！　竹さんが殺されたって！」

すると、目隠しの枕屏風が跳ね飛ばされ、男が足を引きずりながら上がり框まできた。

「栄作だな」

「へ、へい。それで旦那、竹三は無事なんで」

「ああ？」

「女房の奴が今、竹三が殺されたって……」

「だから死んじまったんだよ」

「あっ！」

やっと理解した栄作は慌てふためき、足が悪いのも忘れて外に飛び出してきたかと思うと、悲鳴をあげて転んだ。

「おい！　落ち着け」

作彦が助けて立たせてやると、

「す、すまねぇ」

栄作は言うなり、顔をゆがめて腕を目に当て、嗚咽した。

それを見た栄作の女房が、今にも泣きそうな顔を慎吾に向ける。

「旦那、あんなにいい人が、いったい誰に殺されたんですよ」

「今調べているところだ。ここへ来たのもそのためだ。ここじゃ子供たちが見ているから、中に入れてくれるか」

「汚いですが、どうぞ」

「ちくしょう、誰がやりやがった」

作彦に支えられた栄作は、立っているのがやっとの落ち込みようで中に入った。

先に女房と栄作を座敷へ上がらせ、慎吾は上がり框に腰を下ろした。

栄作が布団に座るのを待ってから、

「話ができるか栄作」

気づかって声をかける。

栄作は意気消沈しているが、

「へい」

と応じて涙を拭い、顔を向けてきた。

女房はそばに正座し、何があったのか知りたいという面持ちで慎吾を見ている。

慎吾はまず、これまでのことを大まかに話して聞かせた。

栄作は、酷い殺されかただと悔しがり、女房は口に手を当てて、辛そうな顔で黙って聞いている。

慎吾は二人の気持ちが落ち着いたところで、改めて問う。

「その足は、木場でやったそうだな」

「へい」

「竹三は、働けぬお前のために金を工面したと育五郎から聞いたが、間違いないか」

「おっしゃるとおりで、竹三のおかげで医者に診てもらうことができ、食うことにも困らず、日に日に良くなっておりやす。治ったら恩返しをしようと、女房と話していたところです」

「そうか。ところで、竹三はずいぶん羽振りが良かったようだが、人足の仕事の他に何をして稼いでいた」

「いやぁ、知りません。ただ、二両もくれるってんで、どうしたのかと訊きましたら、蓄えがあるから心配するなとは言ってやしたが」

「蓄えか……」

どうやら竹三は、金の出どころを誰にも言っていないようだ。

慎吾は後ろ首をなでて考え、訊いてみる。

「信濃屋の連中やお前さんたち夫婦は竹三のことを好いているようだが、やっこさんが住んでいた長屋の連中は、竹三のことを良く言う者がおらぬ」

「まさか」

信じられない様子の栄作にほんとうだと言い、さらに訊く。

「これはみんなに訊いていることなのだが、竹三は近頃、誰かに怨まれるようなことはなかったか」

「そんなことがあるわけねぇです」

きっぱりと言い切る栄作だが、ふと、表情を曇らせた。

「うん？　どうした、何か思い出したか」

「いや……」

「おい、隠しだてすると下手人が捕まらないぞ」

栄作は焦った顔を向ける。

「時々、黙り込んでしまうことがありました。悩み事を抱えていたんです」

「ほう、何を悩んでいた」

「あれは三月《みつき》ぐれぇ前でしたかね。雪の降る日に酔っ払ってここへ来て、土間に這いつくばって泣くんでさ。好きでもねえ酒を飲んで酔っていたものだから、いってぇどうしたんだと訊きましたら、女房に間男がいるって言うもんだから、驚いちまって。なあ」

話を向けられた女房がうなずき、慎吾に顔を向ける。

「女房を殴ってしまった、ついかっとなって申しわけないことをしたって、泣いていました」

栄作がうなずいて続ける。

「そのことがあってからです。人足仲間に酒をふるまいだしたのは。あっしは止めたんですがね、蓄えがあると言うものだから、浮気をした女房へのあてつけに、貯めた銭を使っているのかと思ってました」

慎吾はうなずいた。

「これで繋がった。飲み屋につけを溜めていたのはその頃だ」

「やっぱり、つけで飲ましていたんですか」

「そのつけだが、ついこのあいだ払いをすませていた」

「じゃあ、いってぇ誰に怨まれて、殺されちまったんでしょう」

女房を疑っていることなど言えるはずもなく、

「間男が誰か、聞いているか」

厳しい目を向けると、栄作は首を横に振った。

「そのことは、いくら訊いても教えてくれませんでした。相手のことを奉行所に訴えれば女房も咎《とが》められると言って。でも、その我慢がいけなかったんです。日に日に暴力が酷くなって、自分でも止められないと悩んでいました。女房に逃げられた時は、もう殴らなくてすむから安心したと笑っていましたよ」

「今の話はほんとうなのか」

「ええ」

「しかし、憂《う》さの種だった女房が出ていっても、酒はやめられなかったようだが」

慎吾の言葉が胸に刺さったのか、栄作が暗い顔をする。

「そのことは、あっしは知りませんでした。辛いなら言ってくれればよかったのに、水くせぇや」

「長屋の連中が言うほど、悪い酒を飲んでいたんですかねぇ」

女房に言われて、慎吾はうなずく。

「毎日顔を合わせる長屋の者がそう言うのだから間違いない」

栄作がため息をつく。

「女房自慢をしていましたから、ぽっかり穴が開いちまったんでしょう」

「わかるなぁ、その気持ち」

出口にしゃがんでいた作彦がぽろりと言うと、栄作と女房が顔を見合わせた。

不義密通は重罪だ。訴えれば二人とも捕らえられて死罪だが、

「こればっかりは、どうにもならねえからなぁ」

作彦が自分のことに重ねたように、涙声で言った。

訴えて相手が重い罰を受けるのはざまぁみろといったところだが、女房まで罰が及ぶのは忍びなく、ぐっと堪《こら》えているのだ。

「酒も飲みたくなりますよ」

独り言のようにつぶやく作彦に、栄作夫婦は黙っている。

作彦は小石を拾って投げた。

「時々、みんなおんなじ目に遭っちまえって、思いもするんです」

「おい作彦」

慎吾が呼ぶと、作彦は振り向いた。

目顔で黙れと言うと、作彦は栄作夫婦に見られていることにはっとなり、

「こりゃどうも、言い過ぎました。今のは忘れてください」

きまりが悪そうな顔をしている。

栄作夫婦は苦笑いで応じ、話題を変えるように、栄作が慎吾に顔を向けた。

「それで八丁堀の旦那、竹三はもう葬られたので」

「いや、まだだ。女房以外に引き取り手がないから、霊岸島の医者に預けている。どうやって殺されたか調べを終えたら、先生がねんごろに葬ってくれることになっているから安心しろ」

「そうですか。では旦那、竹三に線香の一本でもあげてやりてぇので、先生の名を教えていただけませんか」

「いいとも。竹三もきっと喜ぶ。預けているのは、川口町の国元華山という先生だ。今日にも行ってやりな」

「へい」

慎吾は立ち上がった。

「邪魔したな」

「旦那、お役にたてたんで」

「うん、竹三の別の顔が見られた気がする。ありがとよ」

女郎長屋を出た慎吾は、空を見上げた。

「そろそろ昼時だな作彦、むらくもにでも行くか」

「はい」

「一足先に行って、五六蔵を呼んで来てくれ」

作彦はぺこりと頭を下げて、小走りで門前仲町へ向かった。

四

むらくもは、永代橋の袂の佐賀町《さがちょう》にある。

慎吾が一人で暖簾を潜ると、小女《こおんな》のおすみが元気な声で迎え、奥の小上がりへ通してくれた。

この小上がりは、格子窓ごしに大川と永代橋が見渡せるばかりか、表の通りを行き交う人を間近に見ることができるので、慎吾のお気に入りである。

慎吾が座って間もなく、五六蔵と作彦がやってきた。

三人が車座になるのはいつものことで、注文をとりに来たおすみにも、

「いつもの三つ」

とだけ言う。

「鴨南蛮《かもなんばん》ですね」

確認したおすみが下がると、打ち合わせをはじめた。

慎吾が五六蔵に訊く。

「女房のほうはどうだ、何かわかったか」

五六蔵は渋い顔をした。

「どうやら、男がいたようです」

「先ほどおれたちも、そこに行き着いた。竹三の様子が、義三長屋の連中が言うのとはまったく違う」

慎吾が信濃屋での評判を教えると、五六蔵は眉間に皺を寄せた。

「すると、女房が浮気したせいで荒れたと」

「どうやらそのようだ。まじめな男なら、金も貯めていたのかもしれんぞ」

「その金を狙った殺しってことですかい」

黙って聞いていた作彦が口を挟む。

「逃げた女房のおくにならば、亭主が銭を貯めていることを知っていたはずですから、間男とぐるになって金を奪いに来たところを竹三に見つかってしまい、刺した」

　ぐさりと刺す真似をする作彦に、慎吾がうなずく。

「ない話ではないが、そうだとすれば、長屋の連中が聞いた女の悲鳴をどう述べる」

「男が竹三ともみ合いになったのを止めようとして突き飛ばされたか、あるいは、亭主の竹三が刺されたことに驚いたか」

　慎吾は五六蔵を見た。

「作彦の読みどおりなら、おくには男と一緒にいて、今頃は奪った金を持って江戸を出ているかもな」

　五六蔵は渋い顔を崩さない。

「しかし、金を貯めていた者が借金をするでしょうか。間男と逃げたというのもどうかと。おくにを見たって言う者がいますから」

「どこで」

「広尾《ひろお》です」

　そこは商家の別宅が多い土地だ。

慎吾は目を細めた。

「ほぉう、いいところにいるな」

「はい。見違えたように垢抜《あかぬ》けているらしいので、どこかの寮に女中で入り込んでいるかもしれません」

「誰が見たんだ」

「義三長屋の者で、雇われ行商をしている者がいるんですがね、そいつが渋谷《しぶや》を回っていた時に見たそうです」

「それでその者は、竹三のことを言わなかったのか」

「知らせてやろうと思って話しかけようとした時、客に呼び止められてしまい、相手をしているうちに行ってしまったそうで」

「では、居場所まではわからぬのか」

足音が近づき、

「お待ちどおさま」

おすみが来た。

鴨南蛮そばが置かれ、出汁とねぎの香りが食欲をそそる。

この時季にしては脂がのった鴨の肉が、厚めに切って盛られている。

「慎吾の旦那、これは大将からですって」

おすみが置いた皿には、焼いた肉が並んでいる。

「焼き鴨か」

「はい」

「では遠慮なくいただく」

慎吾はさっそく箸をつけた。

醬油《しょうゆ》とねぎと生姜《しょうが》をちょいと付けて食べると、歯ごたえといい、ほどよい脂ののりといい、

「旨い」

思わず声が出る。

大喜びした作彦が、

「これにきゅうっと一杯やれたら最高なんですがね、旦那様」

酒を飲むまねをして、飲んだ気になって舌鼓を打った。

しばし無言で鴨南蛮に集中した慎吾は、出汁が染みた鴨肉を堪能し、腰が強いそ

ばを腹におさめると、一滴残らず出汁を飲み干してどんぶりを置いた。

その食いっぷりを見て、

「旦那はほんとうに、ここのそばが好きですね」

にやける五六蔵のどんぶりも、すでに空になっていた。

いつも慎吾が誘うものだから、五六蔵も作彦も、すっかりこの味のとりこになっている。

腹が落ち着いたところで、打ち合わせを続ける。

「一度、おくにから話を聞きたい。五六蔵は、広尾の探索をしてくれ」

「へい。旦那はどうされます」

「女の悲鳴が気になるので、もう一度義三長屋を調べてみる。借金のことは別として、今は銭を貯めていたと考えて見直してみる。作彦の読みどおり、銭を狙って来たのなら、盗んだ跡があるかもしれぬ。床下を調べていなかったから、作彦と二人で、探ってみる」

「わかりやした」

財布を出そうとする五六蔵を制して、慎吾は座を立った。

「これぐらい払わせてくれよ」

店の前で五六蔵と別れた慎吾は、作彦を連れてまずは義三長屋に近い自身番に行き、詰めていた番人に手伝いを命じて竹三の家に向かった。

第四章　うなだれる男

一

自身番から人手を借りて義三長屋に来た慎吾は、竹三の家に入った。

殺しのあった翌朝のままで保たれていて、誰かが入って荒らした様子はない。

「畳を上げてくれ、床下を調べる」

自身番から借りた番人たちは慎吾に応じて、仕事にかかった。

畳が次々運び出され、床板が外される。

慎吾は墨染め羽織を脱いで作彦に渡し、顔に手ぬぐいを巻いて鼻と口を隠し、着物の裾を端折った。

番人たちを待たせ、床板を外されたところから下をのぞき見る。

昼間だが床下は薄暗くて、奥がよく見えない。

顔を上げて、明かりになる物がないか部屋の中を見回したが、貧しい長屋に蠟燭があるはずもなく、番人たちに言う。

「畳をすべて取ってくれ」

「へい」

番人たちに作彦も加わり、すべて運び出す。

床板もすべて外されたところで、慎吾は床下にしゃがみ、土の具合を探ってみた。湿気を帯びた土からは、かびとも言えぬ、妙な臭いがしてくる。

土を掘り起こした様子もなく、うわべは柔らかくて、銭瓶《ぜにがめ》などの重い物が置かれていた跡はない。

部屋の中を見回しても、銭を隠すような場所は見当たらない。

「まさか裏庭に埋めてはないよな」

慎吾は独りごとのように言って障子を開け、腐りかけた濡《ぬ》れ縁《えん》を踏み抜かないよう気をつけて外に出た。

畳二畳ほどの小さな庭には植木の一つもなく、土が見えないほど枯れ倒れた草のあいだからは、新芽が伸びはじめている。

土を掘り起こして埋められた形跡はない。

そう判断して中へ入ろうとした時、ふと気配を感じて垣根を見ると、外に立っていたおいくが頭を下げ、顔をうつむけたまま足早に去った。

診療所から帰ってきたのか、風呂敷包みを抱えて表のほうに歩んでいく。

慎吾はその暗い表情がどうにも気になり、後ろ姿を見ていた。

「あれ、八丁堀の旦那、まだお調べが残ってるんで?」

声をかけられて左を向くと、仕事から帰ったのか、道具箱を担いだ大工の寛治が立っていた。

「うむ、竹三が銭を貯め込んでいたとの噂があるからな、下手人はそいつを狙ったかもしれないと思い調べている」

何か聞き出せるかもと期待を込め、あえてそう言ってみた。

寛治は、顔をほころばせる。

「おくにさんならともかく、竹三が銭を貯めるだなんて、天地がひっくりけぇってもないですぜ」

「そうか？」

「そうですともよ。でなきゃ、借金取りが来たりしやせんでしょう」

慎吾は英助のことだと思ったが、口には出さなかった。

「丁度良かった。お前さんに話を訊こうと思っていたところだ」

途端に、寛治が不安げな顔をした。

「な、なんです、いきなり」

「お前さん、竹三が殺された夜に女の悲鳴を聞いたと言ったな」

「はい、言いやした」

「間違いねえな」

「………」

「どうした、青い顔して」

「いや、こいつはいつもの顔色で」

「前は色艶《いろつや》が良かったはずだが」

慎吾が探る目を向けると、寛治は顔をそらした。

「何か隠してるな」

「旦那、何も隠しちゃいねぇですよう」

「そうか？　ではおれの目を見ろ」

寛治は目を見てきたが、慎吾がじっと見ると、顔を引きつらせた。

「隠し立てすると、身のためにならんぞ」

「かか、隠してねえですよう」

「では何ゆえそのように緊張する。暑くもないのに汗をかいて」

慎吾が目を細めて疑うと、寛治はごくりと喉を鳴らして苦笑いを浮かべて、

「いけねぇ。大事な用を思い出した」

逃げるように背を向ける。

慎吾は、見るからに怪しい態度をする寛治を追って止めようとしたが、その前に家に入り、戸を閉められた。

「おい寛治、話はまだ終わっちゃいねえぞ」

腰高障子の前で怒鳴ると、すぐに戸が開けられた。

中から女房が顔を出し、

「あら慎吾の旦那。そんなに怖い顔してどうしたんですよう」

とぼけたように言う。

「寛治の奴が話の途中で逃げたから来たのだ」

「うちの人が何したって言うのさ、旦那」

迫力満点で言うので、慎吾は一歩退《ひ》いた。腰は引けるが、訊くことは訊かねばならぬと口を開く。

「竹三が殺された夜に聞いたという、女の悲鳴のことを訊こうとしたら、逃げたんだよ」

すると次は、女房が顔色を変えた。

「そ、そんなことがあったかね」

「おい、いい加減にしろ。確かに言ったぞ」

「歳とると、忘れっぽくってさぁ」

笑って誤魔化そうとするがそうはいかぬ。

慎吾は十手を抜いて突きつけ、

「おい、人一人殺されてるんだ。とぼけるなら番屋に連れていくぞ」

「いいよ。行ったって変わりやしないもの。どこにでも連れてってておくれさ」

胸を張って迫る女房に、慎吾は引かずに胸を合わせる。

「番屋の次は大番屋だぞ」

大番屋にしょっぴかれての取調べは、拷問こそないものの、厳しいことは知られている。

寛治の女房は途端に、恐れた顔つきになった。

「あはは、冗談ですよ。旦那、中でお茶でも、ね、お入りくださいな」

「正直に話すんだな」

「話します。だからどうぞ、さ、入って」

外では言いたくないのか、しきりに誘う女房に応じて慎吾が入ると、作彦は戸口でしゃがんで待った。

座敷にいる寛治はえへへ、と笑って誤魔化し、

「旦那、酒がいいですか」

などと言う。

慎吾はひと睨みして、

「悲鳴のことを、どうしてとぼけた」

厳しい顔で訊くと、夫婦は顔を見合わせて、女房が口を開いた。

「竹三さんがいけないんですよう」

「そいつは、どういうことだ」

「おくにさんが出ていってから毎晩のように酔っ払って暴れて、挙句の果てには女房が帰ってきただなんて勘違いして、通りがかった女を時々家に引き込もうとしてたんですから」

考えてもなかったことに、慎吾は眉をひそめた。

「そんなことがあったのか」

「そうですよう。うちの人が聞いた悲鳴も、きっと誰かの手を引いたに違いないんですから」

「なるほどなぁ、と言いたいところだが、お前たち、こんな大事なことをなんで昨日言わなかったんだ。下手人は女房だと決めてかかるところだったぞ」

「すいやせん」

夫婦揃って頭を下げる。

「人前で言えぬわけでもあるのか」

慎吾が女房の目を見ると、途端にうつむいた。続いて寛治を見ると、寛治も目をそらす。

「ふぅぅん」

慎吾は意味ありげにうなずき、寛治を見た。目が合うと、不敵な笑みを浮かべて見せる。

すると寛治は、不安そうな顔をした。

「な、なんですか旦那。正直に言いましたぜ」

「いいや、まだ何か隠してるな」

問い詰めるように見据えると、寛治と女房は背中を丸めた。

「お前たち、ひょっとして誰かをかばっているのか」

「…………」

「なんとか言えよ。寛治、どうなんだ」

それでも黙っている二人に、慎吾はため息をつく。

「ならば、おれが言ってやろう。お前たち、竹三が女を引き込むところを見たな」

「その時引き込まれた女を助けようとして、すりこ木を取りに戻ったんだろう」

寛治は目をそらすだけじゃたまらず、背を向けようとする。その肩をつかむと、びくりとした。

「…………」

「寛治」

「へい」

「お前たちが助けようとした女は、誰だ」

「しし、知らねえ」

動揺を隠せず、助けを求めるような目を女房に向ける。

慎吾は女房を睨んだ。

「二人揃って、大番屋に行きたいのか」

女房は激しく首を振り、

「あ、あんた」

泣きそうな声で、寛治を促した。

二人の態度に答えを見せてもらった慎吾は、莞爾とした笑みを浮かべる。

「寛治、お前たちがかばうのはこの長屋に暮らす女だな。そうだとすれば、気持ちはわかる。竹三は、ずいぶん酷い暮らしをしていたようだからな。でもな、竹三が死んで悲しんでいる者もいるんだぜ。何がどうなって竹三が死ぬ羽目になったかも、ちゃんと調べなきゃならない。場合によっては、お上のお慈悲もある。おれに、お前たちを大番屋に連れて行かせないでくれよ」

なだめるように寛治の肩をたたくと、とうとう夫婦は、神妙な顔でうつむいてしまった。

「寛治、詳しい話を聞かせてくれるな」

「へい」

観念した寛治は、あの夜に見たことを正直に話した。

途中で女房は涙を流し、寛治も声を詰まらせたが、知っていることはすべて教えてくれた。

気持ちが重くなった慎吾は、思わずため息が出た。

「このことを、誰かに言ったか」

夫婦に訊くと、二人とも首を振った。

「そうか。まだお調べの最中だ。誰にも言うんじゃないぞ、いいな」

「へい、そりゃもう」

「御白州《おしらす》がはじまる頃には、奉行所から正式に呼び出しがある。その時は、今言ったことを正直に話すんだぞ」

「旦那、どうなっちまうんで」

「場合によっては、厳しい沙汰がくだる」

「悪いのは竹三だ。どうにか、助けてやっておくんなせえ」

「まあそう焦るな。まだ下手人と決まったわけじゃない。お前たちは、知らん顔をしていろ。いいな」

「へい。それはもう」

「よく話してくれた」

邪魔したなと言って、慎吾は外に出た。

いつの間にか冷たい雨が降りはじめていた。長屋の路地が薄暗く霞んで見えるのは、己の気分のせいだろうか。

「やな雨だぜ」

慎吾は怨めしげに空を見上げて言い、待っていた作彦に顔を向けた。

「番屋の連中には、畳と床板を元に戻して帰ってもらってくれ」

「旦那様、顔色がお悪いですよ。また熱があるのでは」

墨染め羽織を渡す作彦は心配そうだ。

「大丈夫だ」

そう告げると、重い足取りで路地の奥へ向かった。

「どちらに？」

「この奥にいる。後で来い」

作彦は不思議そうな顔で首をかしげ、竹三の家に入った。

二

寛治の家からその家は近いので傘もいらぬが、慎吾は、月代に冷たい雨が当たるのを嫌い、羽織を頭の上にかざした。

雨に湿ったどぶ板は滑りやすいのだが、ぬかるみを避けるために踏んで歩いた。

用心して下ばかりを見ていたのだが、

「いいか、おやじのためにも、今夜は逃げずに来るんだぜ」

聞き覚えのある声に顔を上げた慎吾は、慌てて物陰に身を隠し、そっと顔をのぞかせた。

英助がおいくの家の戸口に背を向けて立ち、手ににぎった銭を見て、大きなため息をついてうなだれた。そして、悲しげな顔でおいくの家の戸を振り返ると、もう一度ため息をついて、雨の路地へ駆け出していった。

寛治と女房から聞いたばかりの話と、英助のことが頭の中で絡まり、顔をしかめずにはいられない。

同心の直感を信じる慎吾は、路地を別の出口に向かう英助の姿が見えなくなるのを待って、おいくの家の戸をたたいた。

「北町の夏木だ」

返事はなかったが、慎吾は構わず戸を開けた。

目の前においくが立っていたのでぎょっとすると、おいくは暗い顔で頭を下げた。

慎吾は、英助が出てきたことを見ていないふりをして、

「そんな顔をしてどうした。何かあったのか」

様子をうかがう。

おいくの、か細い肩越しに座敷を見ると、布団に横たわる父親は背を向けていて、こちらを見ようともしない。

寝ているのかと思ったが、起きている様子の咳をした。

「おやじさん」

慎吾の声がけに、

「何も、何もございません」

慌てて遮るおいくが、意を決したような目を向けてきた。

おいくが何か言おうとしたが、慎吾は止めた。ここは一旦帰るべきと判断したからだ。

「何もないならいいんだ。戸をたたいたのは、別にこれといった用ではない。今日はその、ただの見廻りだ。邪魔したな」

そう言うと、おいくの家から離れた。

竹三の家まで戻ると、自身番の者たちがまだ片付けをしていたので手伝い、礼を言って帰らせた。

休む間もなく、作彦に言う。

「おい作彦、今からおいくの家を見張るぞ」

「ようございますが、この冷たい雨に濡れられては、またお熱が出ます」

「竹三の家を使わせてもらおう」

作彦は目を見張った。

「本気ですか」

「竹三に身寄りはいないのだ。勝手に使っても、文句を言う者はおるまい」

「いや、そういうことじゃなくてですね」

慎吾は笑った。

「なんだ作彦、どこかの筆頭同心様のようなことを言うつもりか」

「こんな薄気味悪い日に、人が殺された家に籠《こ》もるというのは、いかがなものかと」

「ったく、しょうがないな」

「他の家に行きましょう。ね、旦那様」

「大丈夫だ。何も出やしない。それに、おれがいるのだから怖くないだろう」

「それはそうでございますが」

気味が悪そうな顔で家の中を見る作彦に、慎吾が言う。

「長丁場になるから、これで、にぎり飯と酒を買って来てくれ」

銭を渡して行かせると、慎吾は誰にも気付かれないようあたりを確かめ、竹三の家に入った。

静かに戸を閉めた時、ふと、背後に気配を感じた。

ま、まさかな。

気のせいだと思い振り向くと、黒い人影がある。

「うお！」

思わず声を出して後ずさり、戸に背中をぶつけた。

顔を引きつらせて目を丸くしていると、

「あたしを幽霊と間違えるなんて、ずいぶん失礼ね」

聞き慣れた声がしたのでよく見ると、華山だった。

「おい、脅かすなよ」

「こっちが驚くわよ。勝手に入ってきて」

「それはおれの台詞《せりふ》だ。いつの間に、どこから入ったのだ」

「裏からよ。暗いから、そこをどいてちょうだい」

華山は真顔で言うと、何もなかったように部屋を見回した。

「ここで何をしているんだ」

「決まってるでしょう、どうやって刺されたのか調べてるのよ。ちょっと、そこに立ってみて」

「ここでいいのか」

素直に応じて台所を背にして立つと、華山が狭い土間に下りてきた。

「今度は何をするつもりだ」

「いいから黙ってなさい」

慎吾の前に身を寄せ、ぱっちりと大きな目で見上げて、

「やっぱりそうか……」

納得したようにうなずく。そして、刃物をにぎった真似をした手を振り上げ、慎吾の胸に押し当てて言う。

「こんなに狭い場所で、こうして立ったまま包丁を根本まで刺し込むのは、女の力じゃ無理ね」

「そのことは、診療所で調べたではないか。倒れたところを刺されたのならば、どちらとも言えないとも言ったが」

華山は離れ、部屋を見回した。

「どうしても、実際に刺された場所で確かめておきたかったのよ。竹三さんは、どこに倒れていたのかしら」

「おれの足下だ」

華山は土間を見て、慎吾をどかせた。

「この台所まわりは、見つかった時と変わってないの」

「だいたいこんなもんだ」

「そう……」

華山は考える顔をしていたが、程なく慎吾を見てきた。

「やはり、下手人は男だと思う」

「どうしてそう言い切れる」

「頭の後ろに、すり傷があったの」

「頭の傷は前だったはずだが」

「あの後、髪を剃《そ》ってみたのよ。そしたら後ろにもあったの。おそらく、ううん、きっと刺された時に、倒れてできた傷よ」

「そんなことが、どうしてわかる」

「すり傷ができるほど頭をぶつけたら、誰だって手で触るでしょう」

「まあ、そうだな」

「でも、竹三さんの手には血が付いていなかった」

「倒れて頭をぶつけた拍子に気を失っていたとも考えられるぞ。お前がやって見せたように、上からまたがって、心の臓を狙いすまして刺したのかもしれぬ」

「だけど、気を失うような傷ではなかったわ。膝にも砂で擦《こす》ったような傷があったから、刺されてから膝を土間について、ゆっくり仰向けに倒れたのだと思う」

「なるほど、そういうことか」

「でも、もう一つ気になることがあるの」

「と言うと?」

「これを見てちょうだい」

華山は、座敷の上がり口に置いていた風呂敷包みを取って、殺しに使われた包丁だと言って見せた。

「この包丁で刃の根本まで刺し込むには、かなり強い力がいると思うのだけど、どうかしら」

慎吾は受け取った包丁を障子の明るみにかざして見た。

使い古した包丁の先は少し丸くなっていて、手入れもされてなく、錆《さ》びて切れ味が悪そうだ。

「お前の言うとおりだ。この包丁じゃ、女どころか、男でも相当な力じゃなきゃ根本まで突き入れるのは無理だろうな。腰に柄を据えて、身体ごと勢いよくぶつかるようにすれば刺せるだろうが、この狭いところで立ったままでは、おそらく無理だ」

「ここが刺された場所じゃないのかしら」

「土間に失禁の痕があったから、殺されたのは間違いなくここだ」

「そう……」

華山は考える顔をした。

慎吾が感心する。

「しかし、さすがに医者だな。目の付けどころが違う」

「ええ?」

「推測をまとめると、この包丁だと、女に殺しはできない。男でも、ここで立ったままだと難しい。だが、倒れたところを狙えば、男ならできる。そういうことではないのか?」

華山はうなずいた。

慎吾もうなずく。

「つまり、下手人は女じゃない。それがわかっただけでも、お前に頼んだ甲斐《かい》があったってもんだ」

「決めつけるのは早いわよ。額の傷は、気を失ってもおかしくないほどだから、上からのしかかれば、女でもできないことはない」

「ほんとうにできるのか、この包丁で」

「竹三さんには悪いけど、実は試してみた」

慎吾は目を見張った。

「刺したのか」

「うん」

「これで？」

「そうよ」

「で、どうだったのだ」

「腕の力だけではだめだったけど、刃物を胸に当てて、身体の重さを利用したら根本まで入ったわ」

死んでいるとはいえ、何度も試された竹三を想像した慎吾は、言葉を失った。

「怖い者を見るような目をしないでよ。竹三さんの無念を晴らすためにやったんだから」

「そうじゃない。医者というのは凄いと思ったのだ。おそれいった」

「華岡青洲《はなおかせいしゅう》先生のように、生きた人の手術をすることを思うと、怖くはないから」

華山が言う医者は、紀州《きしゅう》藩のお抱えの者で、苦難の末に現代でいう麻酔を開発し、乳癌《にゅうがん》などの摘出手術を主に、多くの人を助けている。

名前だけは聞いて知っていた慎吾は、華山が目指すところもわかっているので、医者として立派だと思っている。

「お前には頭が下がる」

本心を告げる慎吾に、華山は表情を変えずに言う。

「あたしが手伝えるのはここまでよ。そろそろ、竹三さんを葬ってあげたいのだけどいいかしら」

「ああ、女房は弔いを拒みそうだから頼む。ねんごろにな」

「わかった」

華山は竹三が殺された土間に手を合わせると、帰っていった。

外で見送った慎吾は中に入り、台所の奥に手を伸ばして格子戸にかけた。

少し開ければ、おいくの家の出入りを見張ることができる。

目の前を、徳利《とつくり》と笹《ささ》の包みを抱えた作彦が帰ってきた。あたりの目を気にしつつ戸を開けて入るや、薄暗い家の中を見回して、

「気味が悪い」

身震いをする。

「ご苦労さん」

作彦は頭を下げ、買ってきた物を上がり框に置いた。

「旦那様、やけに暗いですね。今日は日が暮れるのが早いようで」

「雨のせいだろうよ。それより寒い」

慎吾は台所の棚においてあった茶碗《ちゃわん》を取ると、口で埃《ほこり》を吹いて飛ばし、酒を注《つ》いだ。

一息に飲み、空の茶碗を作彦に向けた。

「お前も飲め」

注いでやると、

「こりゃどうも」

恐縮した作彦は舌なめずりをして口を付けた。

「ああ、冷えた身体にはこいつが一番ですね旦那様」

「うむ」

「それはそうと、なんでまた、おいくを見張るのです？」

買い物に行っているあいだに、おいくが竹三の件と関わりがあるのか疑わしく思えてきたと言いだした。

「今にわかる。お前は、裏を見張ってくれ。寒さしのぎに持って行け。飲み過ぎるなよ」

酒徳利を持たせて送り出した慎吾は、おいくの家を見張りながら、夜が来るのを待った。

三

佐賀町の茶屋の行灯《あんどん》に灯《ひ》が入れられた頃には、雨はすっかりやんでいた。

大川の河岸から路地を一つ奥に入ったところにある茶屋は、一見すると料理屋の雰囲気なのだが、男女が密かに睦《むつ》ごとを交わす、いわゆる出合い茶屋である。ゆえに、ここの暖簾を潜る者のほとんどが一人で来て、顔を隠し、背を丸めてこっそりとした足取りで中へ消えてゆく。

そんな中、黒い着物に小豆《あずき》色の長羽織を着けた貫禄《かんろく》のある中年の男が、男を三人従えて路地に現れ、堂々とした様子で暖簾を潜った。後に続く三人の中には、英助がいる。

迎えた茶屋の女将の案内で奥に通された男は、上座にどっかりと座り、ふてぶてしい顔に笑みを浮かべて、向かい合って座る二人に小判を投げ渡した。

「おう、今夜はここへ泊まるからな、おめぇたちは酒でも飲んでろい」

「こりゃどうも。隣におりやすんで、いつでも呼んでおくんなさい」

二人は頭を下げ、隣に引っ込もうとした。

「あんまり騒いで、せっかくの楽しみに水を差すんじゃねえぞ」

言い聞かせた男は、下座にいる英助にじろりと目を向ける。

「しけた面をしてやがるな。おう、今日のことがうまくいけば、借金はなくなるんだ。もうちっとこう、嬉しそうにできねぇのか」

「こりゃどうも権吉《ごんきち》の旦那、申しわけございません」

英助は頭を下げて詫びると、

「ちょっと、表を見てまいりやす」

その場から逃げるように、立ち去った。

入れ替わりに、まだ幼い小女が酒肴を載せた膳を持って来た。

金貸しの権吉は途端に表情を和らげ、

「今日は酒を控えめにしておくからな、呼ぶまで来るんじゃないよ」

上機嫌で言う。

小女は笑顔で応じて膳を置き、盃《さかずき》を取って差し出す。

酌を受けた権吉はぐっと飲み干し、満足そうな笑みを浮かべて懐から財布を出した。

「これで、甘い物でもお食べ」

小銭をもらって喜ぶ小女を下がらせた権吉は、手酌で三杯ほど飲み、膳を横に滑らせた。

四つん這いで襖に行き、少しだけ開けてみる。

有明行灯の淡い明かりの中に真紅の布団が敷いてあるのを見ると、嬉々《きき》とした目をして舌なめずりをし、落ち着かぬ様子で戻った。逸《はや》る気を静めるために酒をもう一杯だけ飲み、一人で笑っている。

その頃、表に出ていた英助は、薄暗い路地を歩んでくる女の姿を見て、

「ああちくしょう、来ちまったよぉ」

顔をしかめて、つぶやいた。

現れた女は手拭いで顔を隠すようにしているが、昼間と同じ着物なので、おいくだと一目でわかった。

表に英助が立っているのに気付いたおいくは、周囲を見回して人気がないのを確かめると、小走りでやって来た。

英助はもう、この時にはあきらめている。

怯《おび》えた様子のおいくに、

「すまねえな」

優しく声をかけた。

「…………」

おいくはうつむき、目を合わせようとしない。

「ほんとうに、いいんだな」

おいくは、無言でうなずいた。

「それじゃ、行こう」

英助が先に入り、おいくは背中を丸めて、暖簾を潜った。

長屋から跡をつけていた慎吾は、おいくが入った暖簾を分けて、中をのぞいた。

まったく気付いていないおいくは、戸口から入ってしまった。

ここがどのような場所か知っている慎吾は、舌打ちをして離れ、路地を戻った。

作彦が物陰から顔を出している。

慎吾はそこまで行き、小声で言う。

「急いで五六蔵を呼んで来い」

「へい」

「おれは中に入るから、戻ったら呼ぶまで外で待ってろ。いいな」

「承知」

路地を走り去る作彦を見送ると、慎吾は腰から十手を抜いた。

茶屋の暖簾を分けて入ると、すぐさま店の男が出てきた。

若い男は、慎吾を見るなり驚いた顔をして慌てた。

「お上の御用だ。騒ぐな」

「でも旦那……」

「言うことを聞けないならお縄にするぞ」

男は頭を下げ、大人しくなった。

「それでいい。では、たった今入った男女が向かった部屋まで案内してもらおうか」

「旦那、それだけはご勘弁を」

「女将には後でおれが言うから、そう恐れるな。さ、案内しろ」

若い男は神妙に応じて、中へ入れた。

初めての茶屋は、廊下に緋毛氈《ひもうせん》が敷いてあり、薄暗く、得も言われぬ雰囲気。

慎吾は匂いを嗅いだ。

「この甘い香り、どこかで嗅いだことがあるな」

すると男が振り向き、笑顔で言う。

「麝香《じゃこう》でございます」

どこで嗅いだか思い出せない慎吾は生返事をしてついて行くと、廊下の角を曲がって女が来た。

中年の女は驚いた顔をしたが、相手が慎吾だとわかり、

「商売の邪魔だ。ここからは一歩も通さないよ」

貫禄十分な態度で、行く手を塞いだ。

案内をしていた店の男が慌てた。

「女将さん、逆らったらいけません。ささ、帳場に戻りましょう」

慎吾とのあいだに入り、腕を引く。

「放せ。そこをおどき」

女将は抗ったが、店の男がいけませんと言って止め、慎吾に顔を向ける。

「この奥ですから」

慎吾はうなずき、行こうとしたが、女将が袖をつかんだ。

「お客の邪魔をしたら、いくら旦那でも承知しないよ」

慎吾は何も言わずに手を放し、廊下の奥を見ると、静かに歩みを進めた。

その頃、奥の部屋では、

「権吉の旦那」

外で訪《おとな》う声がして、静かに障子が開けられた。

悲しい顔をして頭を下げる英助の後ろに、うつむいたおいくが座っている。

権吉は舌なめずりをし、待ちかねたように歩み寄る。

「さ、中にお入り」

顔に似合わぬ穏やかな声をかけ、手を引いて中に入れると、英助を見下ろした。

「ご苦労だったな。これで、酒を飲んで行くといい」

小判を一枚差し出すと、英助は押しいただいて頭を下げ、立ち去った。

見ていたおいくに、権吉が笑みを浮かべる。

「お前にも、後でたっぷり小遣いを持たせてやろう。借金も帳消しにしてやるからね。ささ、奥にお入り」

優しく誘い、障子を閉めた。

不安そうにしているおいくに歩み寄った権吉は、肩を抱いて、隣の襖を開けた。

敷かれた布団に目を見張ったおいくが、慌てて腕を振り解く。

「やっぱり帰ります」

逃げようとしたが帯をつかまれ、布団に引き倒された。

「何をなさいます」

はだけた裾を閉じるおいくに、権吉は飛び付いて押し倒した。

「いや、放して」

「いいのかい。言うことを聞かないなら、お前さんがしたことを奉行所に訴え出るぜ」

「そ、それは……」

「とぼけてもだめだ。おれはみんな知っているんだぜ」

押さえつけ、指でおいくの顎をなぞりながら言う。

「こんなに可愛い顔をして、あんな恐ろしいことがよくできたものだ。おれはそこが、気に入ったんだぜ」

「…………」

おいくは顔を触られるのをいやがり、抵抗したが、押さえつけられた。

「大人しくしろ。人を殺めたら打首獄門だ。いや、その前に牢屋《ろうや》にぶちこまれるな。知ってるか、牢屋じゃあな、役人に何をされても文句が言えないんだぜ。坐禅転《ざぜんころ》がしという責めを教えてやろう。裸で縛られ、坐禅を組まされて前に倒されるんだ。どんな格好か想像してみろ。尻を高く上げたまま、身動きができなくなるんだ」

権吉はおいくの顎をぐいとつかみ、嬉々とした顔で続ける。

「この器量だ。その場にいる役人は、そそられるだろうよ。獄門になるまで、一日たりとも休ましちゃもらえねえだろうなぁ」

「い、いや」

怯えるおいくに、権吉はたたみかける。

「娘がそんな目に遭わされると聞いちゃぁ、おやじさんも生きてはいないだろうぜ。なあおいく、おれの女になれば、おやじさんの薬だって手に入る。どうするかは、お前が決めな」

権吉はおいくから離れて掛け布団を剝ぎ、あぐらをかいた。

身を硬直させていたおいくは、ゆっくりと立ち上がり、自ら帯を解きはじめる。

若い女が自ら着物を脱ぐ姿を、権吉はじっと見ている。

背後の襖が開けられたのは、おいくが解いた帯を畳にはらりと落とした時だった。

「そこでやめとけ」

声にぎょっとした権吉が振り向いたその時、十手で額をごつんとやられ、白目をむいて仰向けにひっくりかえった。

「てめえは寝ていろ」

気絶した権吉に鋭い目を向けた慎吾が、十手を肩に載せて表の障子を開けた。

帰るに帰れず、廊下でおろおろしていた英助が、目を見張った。

「だ、旦那！」

気のせいか、英助の表情がぱっと晴れたように、慎吾の目には映った。

「話は聞かせてもらった。弱みに付け込んで若い女を脅す権吉は許せぬ。お前も同罪だぞ英助、大人しく縛《ばく》につけ！」

「へ、へい！」

大声と共に、隣の障子が開けはなたれた。

「どうした英助！」

二人のやくざ風が出てきて、倒れている権吉を見て驚いた。

「野郎……」

慎吾に敵意むき出しの顔を向けた二人は、懐に手を入れ、匕首《あいくち》を抜いた。

慎吾が睨む。

「おれに刃物を向けるとは、いい度胸だ」

「ふん、二人で乗り込むてめぇは大馬鹿だ」

一人が言い、目の色が変わった。

英助が慎吾に言う。

「旦那、この二人は匕首の達人だ」

「そうかい」

慎吾が十手を構えて応じると、二人の手下は左右に分かれ、同時にかかってきた。

右から突き出された刃を十手で弾《はじ》き、左の脇腹を狙う切先は、左手で抜いた刀の腹で受け止めた。

目を見張った左の手下が、

「野郎！」

匕首を引いて横に一閃《いっせん》したが、慎吾はかわし、十手で額を打った。

呻《うめ》いて昏倒《こんとう》する手下から視線を転じ、右の手下を睨む。

斬りかかろうとしていた手下が、慎吾の気迫に目を見張り、下がって身構える。

今にも向かって来そうな手下に、慎吾は言う。

「そのへんにしておけ、怪我をするぞ」

十手を向けると、手下はさらに下がり、庭に飛び降りて一人だけで逃げようとした。

そこへ五六蔵たちが駆けつけ、十手を向けた。

「おう！　逃げようたって、そうはいかねえぞ」

「どきやがれ！」

手下は匕首を振るって襲いかかったが、五六蔵の十手術の前では敵ではない。

手首を打たれて匕首を落とされ、肩を打たれた。

激痛に顔をゆがめた手下が片膝をついたところへ伝吉が飛びかかり、背後から縄をかけて縛り上げた。

「五六蔵、相変わらずいい腕だな」

慎吾が笑みを向けると、五六蔵は恐縮した。

「出しゃばりました」

作彦に呼ばれて駆け付けた五六蔵は、心配のあまり勝手に入ってきたのだ。

慎吾は首を振る。

「助かった。奥の野郎も頼む」

「承知」

五六蔵は座敷に上がり、布団でのびている権吉の身体を起こして縄を打ち、英助にも縄をかけようとすると、おいくが慌てた。

「その人は悪くありません。悪くないんです」

見逃すよう懇願する。

英助がおいくを見て、わっと泣き崩れた。

驚いた慎吾は、どうするか目顔で問うてきた五六蔵にうなずく。

「権吉と手下の二人を自身番に連れていってくれ」

「わかりました。おい、いつまで寝てやがる」

頬をたたかれて目をさました権吉は、縄を打たれた手下を見て、観念してうなだれた。

立たされ、連れていかれる権吉たちを廊下で見ていた女将が、慌てた様子で慎吾の前に来た。

「八丁堀の旦那、これはいったいどうしたことですよう」

「すまんな女将。悪党がここへ逃げ込んだという知らせがあって、たった今しょっ引いたところだ」

「悪党って、権吉の旦那はうちのお得意様ですよ。商売の邪魔されたんじゃ困るんですけどねぇ」

慎吾は厳しい顔をする。

「そこまで言うなら、どのようなお得意様なのか、番屋でじっくり話を聞こうか」

権吉はこれまで何度も同じように女を呼び出して、無理やり悪さをしていたに違いないと慎吾は思っている。女将がそれを承知で部屋を使わせていたのならば、見逃すわけにはいかない。

「どうした、顔が青いぞ」

探る目を向けると、女将は目を泳がせた。

「やですよう、ただのお客さんですってば」

「この場を見る限り、そうは思えないが」

「ほんとうです。あたしは、ただ部屋を貸していただけで、何をされていたかなんて知りません。どうぞ、思う存分悪党をこらしめてくださいな」

「そうか。では、この二人に訊きたいことがあるから、しばらく部屋を使わせてもらうぞ」

「いいですとも。お好きなだけ使ってください。お酒をお持ちしましょうか」

「いらぬ」

「では、ごゆっくり」

女将は愛想笑いを振りまいて、下がっていった。

「まったく、調子のいい女将だ」

慎吾は鼻で笑い、正座している二人に向き合って座った。

「さて、おいく、この英助が悪くないというわけを聞こうか」

おいくはうなずき、英助を見た。

「英助さんには、これまでいろいろと、助けていただいていたんです」

詳しく聞けば、五六蔵から聞いていたこととは暮らし向きが変わっていた。英助は、博打《ばくち》で膨らんだ借金を返せなくなり、一人娘を岡場所に取られていた。それが薬となり、今は博打をいっさいやめて、娘を救い出すために油売りをして真面目に働いているという。

合間に、権吉からも借りていた金の利息を払わない代わりに、借金取りをして働いていたのだが、取り立てる中においくがいた。

病気の親を抱えて貧しい暮らしをしていたおいくは、権吉から借りた銭を返せなくなっており、残された道は、身売りしかないところまで追い詰められていた。

そんなおいくに、自分のせいで岡場所に取られてしまった娘を重ねていた英助は、厳しい取り立てをせず、権吉の手が及ばないようにかばっていたという。

おいくから話を聞いて、慎吾は英助を睨んだ。

「おい英助、今までおいくを守っておきながら、どうしてこんなところへ連れてきた。身売りと同じではないか」

「そ、それは、その……」

英助は顔を上げて何か言おうとしたが、言葉に詰まり、うなだれてしまった。

慎吾は不精で伸びた英助の月代を見下ろしながら、舌打ちをする。そして、廊下に顔を向けた。

「おい、作彦」

「はい」

「ここで英助を見張っていろ」

「旦那様は、どちらに？」

「おれは、おいくに訊きたいことがある」

「わかりました」

「おいく、ちょっと来い」

慎吾は、おいくが立つのを待ち、別の座敷に連れていった。

敷かれていた真紅のいかがわしげな布団をまくり上げ、緊張した面持ちで立っているおいくを畳に座らせると、膝をつき合わせて座った。

顔が近いのでおいくが目をそらし、怯えた様子で着物の胸元を押さえる。

それでも慎吾は、さらに顔を近づけて、小声で訊いた。

「おいく、竹三が殺された夜のことを訊く。お前さん、野郎の家に引き込まれたな」

おいくはぎくりとして、激しく首を振る。

「知りません」

「だったら、どうして権吉に脅されるんだ」

「そ、それは……」

おいくは返答に困り、うつむいてしまった。

慎吾は問いただす。

「おれはな、踏み込む前に権吉が脅すのを聞いていたのだ」

おいくがわなわなと震えだしたが、慎吾は続ける。

「お上にも慈悲がある。正直に話してみな」

「………………」

「牢屋のことで恐れているならそいつは間違いだぜ。ひと昔前ならともかく、今は権吉が言ったような責めは、ありはしない」

「あたしが……」

おいくはしゃべろうとして、両手で顔を覆って嗚咽した。

慎吾は背中をさすってやり、落ち着くよう声がけする。

「お前さんが悪人じゃないことはな、長屋の連中を見ればわかる。罪が軽くなるよう御奉行にかけあうから、泣くのをやめて、あの夜何があったのか、包み隠さず話してくれ」

おいくはうなずき、頰を拭った。そして、膝を転じて慎吾に向き、うつむいたまま言う。

「あの日は患者さんが多くて、夜遅く長屋に帰ってきました。竹三さんの家の前を通りかかりましたら、突然戸が開いて、竹三さんに腕をつかまれたんです。でも、あたしをどうこうしようとしたのではなく、おくにさんが帰ったのだと勘違いしたんだと思います」

「女房が出ていってから、時々あったらしいな」

「はい。でも、その日は様子が違っていて、いくらおくにさんじゃないって言っても、聞いてくれなかったんです。逃げようとしたのですが、家の中に引き込まれました。酔って何かわめいていたから、あたし怖くて、必死に抗ったんです。そしたら竹三さんが……」

その時のことがはっきり目に浮かんだのだろう。おいくはふたたび両手で顔を覆った。

「辛いだろうが、教えてくれ。抗ったら、どうなったんだ」

おいくは大きな息を吐いた。

「手を引いて座敷に上がろうとしていた竹三さんの背中を押して逃げようとした時、うつ伏せに倒れて鈍い音がしたかと思うと、苦しそうな声を出して、動かなくなりました」

慎吾は眉間に皺を寄せた。

「ちょっと待て。もう一度よく思い出してくれ。前から倒れたのは確かか」

「はい」

「その時額を何かにぶつけて怒った竹三に襲われそうになったから、咄嗟《とっさ》に近くの包丁をつかんで刺したんだろう」

おいくが目を見張った。

「あたしは、そんなことしていません」

「なんだと?」

「あたしが包丁で刺したって、どういうことですか」

「どういうことって、どういうことだ。お前が刺したんだろう」

おいくは激しく首を振る。

「あの時、竹三さんが動かなくなったので、怖くなって逃げました。包丁で刺したのは、あたしじゃありません」

必死に訴えるおいくの態度は、言い逃れをしているようには思えなかった。

慎吾は、下手人は男だと思うと華山が言ったのを思い出した。

おいくは両手をつく。

「信じてください。あたしは、突き飛ばしただけです。刺していません」

「刺していないなら、どうしてこんな所へ来たんだ」

「それは、あたしがあの時竹三さんを突き飛ばしたせいで、倒れた拍子に、包丁が刺さったのかもしれないと思っていたからです」

「かもしれないだと。胸に包丁が刺さるのを見ていないのか」

おいくはうなずいた。

「見ていません。怖くて、すぐ逃げたから」

慎吾はおいくの前にあぐらをかき、目を見て問う。

「ほんとうに、見ていないんだな」

「はい」

不安そうではあるが、嘘を言っているようには見えない。

「もう一度訊くぞ。竹三は、前向きに倒れて動かなくなったんだな」

「そうです」

「となると……」

後ろ頭の傷が謎だ。

どうやってできたのか。

ここで考えても何も浮かばない。

慎吾はおいくを見た。

「どこにも行かないと約束できるか」

おいくは不安そうな顔で慎吾の目を見てきた。

「それは、あたしが逃げるということですか」

「そうは言ってないだろう。後日奉行所のお調べがあるが、応じると約束してくれたら、今日のところは帰ってもいいということだ」

「おとっつぁんがいますから、どこにも行きません」

「よし、わかった。おお、そうだ。こいつは、お前のだな」

羽織の袖口から匂い袋を出して見せると、おいくはこくりとうなずいた。

「おっかさんの形見です」

「そうかい、これで胸のつかえが一つ取れた。二度と落とすんじゃないぞ」

慎吾は匂い袋を渡すと、母の形見を抱くように持つおいくを立たせ、表まで送って出た。

「気を付けて帰れよ」

おいくは深々とお辞儀をして、小走りで帰っていく。

慎吾は後ろ姿を見ながら、懐手にして考える。

突き飛ばされて倒れた拍子に、台所に落ちていた包丁が胸に刺さったということはないだろうか。

あるいは、竹三が懐に包丁をしのばせていて、倒れた時にそいつが胸に突き刺さったか。

どちらもしっくりこない。

下手人は、心の臓を一突きにしている。町医者のところで働くおいくなら、心の臓の的を知っている。そう思って取り調べたのだが、恐らく、刺したのは別人だ。

では誰か。

慎吾は、ある考えに及んで、茶屋に入った。

座敷に行くと、作彦に見張られた英助は、大人しく正座していた。

「作彦、ひとっ走り五六蔵を追ってくれ。調べてもらいたいことがある」

「何を伝えましょう」

「耳を貸せ」

慎吾は作彦の肩を抱くようにして英助から離れ、こまごまと指図した。

「わかったか」

「はい」

「よし、急いで知らせてくれ」

「承知」

出ていく作彦を見送った慎吾は、座敷に入った。

「さてと英助、お前にも訊きたいことがある。二、三日番屋に泊まってもらうぞ」

「覚悟しておりやす」

慎吾は、すっかり観念している英助を連れて、茶屋から出た。

四

金貸しの権吉がとめ置かれている佐賀町の自身番に行くと、五六蔵たちはすでに、調べに出ていた。

待っていた作彦が、

「親分は、すぐ調べてくるそうです」

と言うので、慎吾は町役人に事情を話して英助を引き渡し、座敷に上がった。

奥の板の間に繋がれた権吉と手下の二人は、観念してうな垂れている。そこに英助が入れられても、三人は何を言うでもなく、顔を見ようともしない。

英助を鉄輪《かなわ》に繋げた番人が腰高障子を閉めると、慎吾は十畳ほどの詰所に座り、夜の警戒に詰める者たちに事情を述べた。

五六蔵が大方のことは知らせていたので、番人たちは承知しており、四人をとめ置くことを快く引き受けてくれた。

出された茶を飲みながら待つこと一刻（約二時間）、義三長屋の聞き込みを終えた五六蔵たちが帰ってきた。

「大工の寛治に話が聞けたか」

慎吾が言うと、五六蔵はうなずき、

「あの時、路地で怪しい男は見ていないそうです」

そう教え、

「それより旦那、ちょいと気になることがわかりましたぜ」

勇んだ様子で言うので、慎吾は上がり框まで出た。

「何か新しいことが出てきたか」

「これはあっしの考えですが、竹三の女房の間男は、信濃屋喜兵衛ではないかと」

「なんだと」

思わぬ名に、慎吾は目を丸くした。そしてすぐに、小粋でやり手を思わせる顔が浮かんだ。

あの男が、雇っている者の女房に手を出したというのか。

「どうしてそう思う」

「女房がいなくなる直前に、竹三がいない昼間を狙って来ていたそうで」

「ほう」

「どうも様子が変だというんで、長屋の女房連中のあいだじゃぁ、噂になっていたそうです」

「噂か……。どうして今頃出てきたんだ」

「それをあっしも女房連中に言いましたら、はっきりそうだと決まったわけじゃないので、下手なことを言って喜兵衛とおくにに迷惑がかかってはいけないと思い、言わなかったそうです」

「みんな竹三じゃなく、おくにの味方ということか」

「そのようですね」

「二人がそういう間柄だという証拠がほしいところだな」

「そこのところは曖昧《あいまい》でして、手をにぎったところも見たことはねぇようで」

「なのにどうして、二人ができていたと思うんだ？」

「竹三がいない時を狙って来ていたのと、その日に限って、おくにが化粧っ気があったと聞いたもので」

「勘というやつか」

すると、伝吉が口を挟んだ。

「親分の勘が当たるのは、旦那もご存じでしょう。深い仲になった二人が、竹三が邪魔になって殺めたのかもしれませんぜ」

慎吾は首をかしげる。

「五六蔵の勘を信じないわけじゃないが、そうと決めるには、まだ早い気がする」

「旦那、なんだか歯切れが悪うござんすね」

慎吾が飛び付かないのが気に入らないのか、伝吉は不服そうだ。

「男女の仲は不思議なもので、一旦惚《ほ》れたら周りが見えなくなるって言うでしょう。まして不義密通のように、許されないことをすると、よけいに感情が高ぶると聞きやした。親分の勘が当たってますよ。おくにと喜兵衛はとんと我を忘れて、とんでもねぇことをしでかしたに違いねぇんです」

「おい、出しゃばったことを言うな」

叱る五六蔵を、慎吾は止めた。

「いいんだ。いろいろ出し合ったほうが、早く下手人にたどり着ける。だがな、おれはどうも、あの喜兵衛が人を殺める男だとは思えぬ」

伝吉が口を尖らせた。

「女房かもしれませんよ」

「それも、どうかな。これまでの調べで、下手人が女だとは考えにくくなっている。だが、一度顔を見て訊いてみるのもいいな。おくにに会えないだろうか」

五六蔵は薄い笑みを浮かべる。

「そうおっしゃると思い、広尾の助次郎《すけじろう》親分に頼んで捜してもらっています」

「おお、あの親分か」

助次郎は麻布《あざぶ》の広尾町を縄張りとする岡っ引きで、五六蔵が頼りにする熟達者だ。五六蔵が岡っ引きの道に足を踏み入れる際に、ずいぶんと世話にもなり、岡っ引きとしての心得をたたき込まれたとも聞いている。

「それじゃ、見つけるのに時はかからないな」

「へい。おくにが見つかれば、下手人に近づけますよ」

「そうだといいが、まったく関わりのない野郎が、竹三を殺めたかもしれんぞ」

慎吾はそう言うと、奥の板の間を遮る腰高障子を睨んだ。

「旦那、まさか……」

「そのまさかもあり得る。そこにいる奴らに問うてみるか」

慎吾は腰高障子を開けた。

「旦那、勘弁してくださいよ。あっしじゃありませんよ」

半泣き顔の権吉は、訊いてもいないのにそう訴えた。

「なんだ、聞いていたのか」

「聞きたくなくても耳に入りますから」

「だったら潔白を証《あか》してみろ。あの夜はどこにいた」

「何のことですかね」

これには五六蔵が怒った。

「そうやってとぼけるから疑われるんだ。竹三が殺された夜に決まっているだろう」

権吉は首をかしげた。

「さあ、なんせ昨日の晩飯が何だったか思い出せねぇくれぇだから、一昨日の夜のことなんざ覚えていませんや」

五六蔵は上がって歩み寄り、権吉の胸ぐらをつかんだ。

「てめえ、おいくをさんざん脅しておいて、言い逃れができると思ってやがるのか。何なら今から大番所に連れていって、厳しく調べてもらおうか。ええ、どうなんだ」

権吉は息を呑《の》み、激しく首を振る。

「やったのはおれじゃねえ。おいくだ、間違いねえ。旦那、信じてください」

必死の顔を向けられた慎吾は、腹が立ったがぐっと堪えた。

「おいくが竹三を殺めるところを見たのか」

「そうだ、思い出した。あの晩は、おいくの身体目当てに、無理な借金の返済を迫りに行ったんだ。そしたら、見ちまったんで」

「何を見た」

「竹三の家の中から、青い顔をしたおいくが出るのをですよ。様子が変だったので竹三の家をのぞいたら、野郎の胸に包丁が刺さっていたんだ」

「それで、おいくを脅して身体を我が物にしようとしたのか」

「あれだけの上玉だ。ただでお上に突き出したんじゃもったいないと思いまして。ほんの、出来心ですよ、旦那」

悪びれもしない権吉は、口をゆがめて、下卑た笑みを浮かべた。

慎吾は鋭い目を向ける。

「おい権吉、御託を並べているが、作り話を信じるとでも思っているのか」

「そりゃ、どういうことで？」

「竹三はな、女じゃできぬ殺され方をしてるんだ。待てよ、お前ほどの体躯《たいく》なら、軽々と包丁を突き入れられる。たたけば埃が出そうなお前なら、心の臓を一突きにすれば人がたやすく死ぬことを知っているな。ええ、どうだ権吉」

権吉の目つきが変わり、見る見る怒気が浮かんだ。

「ふん、馬鹿なことを言っちゃいけませんぜ。妙な言いがかりはよした方が身のためですぜ。あっしはこう見えても、公儀の御偉い方にちょいと顔が利くんだ。町方の同心なんてものは、その気になりゃ、容易《たやす》く潰せるんだ」

「そうかい、そいつはおそれいったな。死ぬまで言ってろ」

相手にしない慎吾に、権吉は歯をむき出した。

「だから、やったのはおれじゃねえと言ってるだろう！」

「おい権吉、ほんとうに、おいくが出てくるのを見たのか」

「なんべんも言わせるない。見たものは見たんだ」

「他に誰を見た」

「だ、誰も見ちゃいねえ！」

大声をあげた権吉の目が一瞬泳いだのを、慎吾は見逃さない。じっと顔色をうかがうと、権吉は挑みかかるような表情をした。

慎吾が英助を見ると、慌てて目をそらした。

まだ何か隠している。

そう思った慎吾は、権吉の横にいる五六蔵に言う。

「英助の縄を解いてくれ」

「へい」

応じて英助の縄を解き、慎吾の前に連れてきた。

「外を歩こうか」

「へ、へい」

慎吾はちょうちんを手に、二人で外に出た。

舳先《へさき》に篝火《かがりび》を焚《た》いて漁をする舟を遠目に、大川のほとりを歩きながら、英助に言う。

「お前ら、まだ何か隠しているな。権吉は、おいくが竹三の家から逃げるのを見たと言ったが、長屋の者が、あの時、男は外にいなかったと言っている」

「…………」

「そうやってだんまりを決め込んでいたら、おいくが下手人になるぞ。それでもいいのか」

うなだれている英助にちょうちんの明かりを照らして顔を見ると、地面に向けられたままの目が、大きく見開かれていた。

「いいんだな」

念を押すと、英助は何度も首を振る。そして、慎吾に必死の顔を向ける。

「旦那。やったのは、おいくでも、権吉でもねえです」

「なんだと」

「下手人は……」

名前を聞いた慎吾は、嘘を見抜く眼差しを向ける。

「そいつは、ほんとうか」

「ほんとうです」

「間違いないのだな」

「へい」

英助が、洗いざらい白状した時、自身番の方からちょうちんの明かりが近づいてきた。

「旦那！　慎吾の旦那！」

伝吉が叫びながら、走って来た。

「どうした、慌てて」

「たった今、助次郎親分から使いが来ました。おくにが見つかったそうです」

「そうか。よし、おれも今、英助から話を聞いたところだ。戻るぞ」

慎吾は二人を連れて、川岸を離れた。

第五章　囮

一

自身番で権吉たちをこってり絞った慎吾は、五六蔵の招きに応じて、浜屋で一眠りさせてもらった。

一刻ほどまどろんだろうか、出かける支度をする泊まり客の声と物音に目をさまし、布団の中でごろごろしながら、今後のことを考えていた。

奉行所に戻って上役に報告すべきなのだが、借金の取り立てをしていた英助の証言では、権吉をかばっていると疑われ、証拠として信じるに価するには弱いと言われるだろう。

何か、決め手がいる。

そう思った慎吾は、真の下手人を捕まえる手立てを考えた。そして、英助を使うことを思いつき、むくりと起き上がった。

「旦那、朝餉《あさげ》をお持ちしました」

身支度をしようとしたところへ障子の外から声がかかり、五六蔵が顔をのぞかせた。

女房の千鶴が膳を運び、

「少しでも眠れましたか、旦那」

にこやかに言いながら、調えてくれた。

「ああ、眠れたよ。それにしても、朝から豪勢だな」

「旦那が風邪気味だと、うちの人から聞いたものですからね。精をつけていただこうと思って」

「気を遣わせてしまったな。下手人捜しで、風邪のことはすっかり忘れていた」

慎吾の腹の虫が鳴いた。

「まあ……」

「はは。もう熱はないし、腹の虫もこのとおりだから大丈夫だ」

慎吾は箸を持って、にんまりとした。

鰆《さわら》の塩焼きに出汁巻き玉子、ねぎとわさびが載せられた納豆がありがたい。

「おかわりしてくださいね」

「では、遠慮なくいただきます」

慎吾は合掌して、まずは納豆をかき混ぜていると、

「旦那、下手人をしょっ引くのに、奉行所の捕り方に出張ってもらいますか」

五六蔵が訊いてきた。

「いや、おれたちだけで十分だろうが、その前に、ほんとうに下手人かどうかを確かめたい。おくには今どこにいる」

「広尾の寮からこちらに向かっておりやす」

「そうか。では、着いたら今から言う場所に連れてきてくれ。そうすれば、下手人も言い逃れができまいからな」

慎吾が箸を止めて、布団の中で考えていたことを告げると、

「なるほど、ようござんす」

五六蔵は納得し、手はずを整えるために部屋から出ていった。

慎吾はふたたび箸を動かして、女将に顔を向ける。

「金子《きんす》を渡せぬのに、親分を使ってすまぬ」

「旦那、そのことはもう言わないでくださいな。あたしは、旦那のお手伝いをする親分に惚れてるんですから」

「ふぅん」

慎吾がにやけていると、顔を赤くした千鶴に、背中をどんとたたかれた。

「もう、朝から何言わせるんですよう」

「はは、親分は果報者だ」

「でも、なんだか寂しいですね」

「急にしんみりしてどうした」

「さっきの話ですよ。あたしが口出しすることじゃありませんけどね、人を殺めておいて、幸せになれると思ってるのかと思いましてね」

「よほどの悪党じゃない限り、いつ捕まるか考えない者はいないだろうから、おそらく生きた心地はしていないはずだ。たとえお上の手から逃れても、こころが晴れることは決してあるまい。罪を認めて償えば、少しはましなことが待っているだろうがな」

「逃げないで自訴したらいいのだろうけど、なかなか勇気が出ないのでしょうね」

「下手人は、お上に命を取られるからな」

暗い声で言いながらも、そこは同心だ。自訴しないなら、捕まえるまでと言って気持ちを切り替えた。

食わなければ一日ももたないので納豆をかき込んで、鰆と出汁巻き玉子でご飯を二杯おかわりすると、

「旨かった。ごちそうさん」

女将に礼を言って、自身番に戻った。


お茶を出そうとする番人にいらぬと断って座敷に上がると、奥の腰高障子を開ける。

権吉と手下どもは、朝方の暗いうちに大番屋へ移したため、板の間には英助が一

人でとめ置かれている。

　慎吾が板の間に座ると、鉄輪に繋がれている英助が姿勢を正して、小さく頭を下げてあいさつをした。

「飯は」

「へい、いただきました」

「お前が言うことがほんとうかどうか、これから確かめるぞ」

「嘘は言ってませんよ、旦那」

「それを証さないと、お上は信じてくれまいよ。いいか、お前は人をゆすった罪人だ。その罰として、これから囮《おとり》になってもらうぞ」

「いってえ、何をしろと」

「いいから黙って、言うとおりにしろ。それがお前のためでもある」

「へい。おっしゃるとおりにします」

　首をすくめる英助の耳元で、これからすべきことをこまごまと指図した慎吾は、鉄輪を解いてやった。

「できるな」

「へい」

英助は手首に付いた鉄輪の痕をさすりながら、媚《こ》びた顔をする。

「旦那、これを手伝ったら、あっしを解き放していただけるんで」

「馬鹿野郎。そんなことは、ことがうまくいってから言え。いいか、途中で逃げたら、即刻牢屋送りだからな、そのつもりでいろよ」

「ごもっともで、へい」

すっかり弱腰の英助は、慎吾が連れ出すのを見守る町役人や番人たちにぺこぺこ頭を下げながら、外へ出た。

「よし、行け」

「へい」

英助は、慎吾の背後を通り、大川のほとりを北上する。少しあいだを空けて、伝吉が跡をつけはじめた。

英助が向かった先は西永町の、信濃屋喜兵衛のところだ。

暖簾を潜って、店の手代を捕まえて言う。

「あるじの喜兵衛さんを呼んでくれ」

「あの、何か」

「お前さんに言うことじゃねぇや。早く呼んで来な」

押しやると、手代はいぶかしみつつ番頭に伝えた。

こちらを見た番頭が出てこようとしたので、

「早くしろ」

英助は手を振って急かした。

程なく、番頭に呼ばれた喜兵衛が奥から出てきたので、英助は手招きした。

手代たちに聞こえぬ声で伝えると、喜兵衛は驚きもせず、英助を見た。

「そういうことだ。伝えたからな」

英助はそう言って表に出ると、慎吾が指定した場所へ向かった。

川の対岸から様子を見届けた伝吉は、英助を追わずに、信濃屋を見張っていた。

すると程なく喜兵衛が出てきて、歩いている英助を見ている。

「野郎青い顔しやがって、逃げるんじゃねぇぞ」

伝吉がつぶやいていると、草色の暖簾が揺れて、二人の浪人者が表に出た。

喜兵衛が何かを告げて店の中に消えると、二人は険しい表情を英助に向け、姿が見えなくなるまで見ていた。

「用心棒か。こいつは、慎吾の旦那に知らせなきゃな。と言ってみたものの、ここを離れるわけにはいかねぇ。かといって、喜兵衛に用心棒がいるとは慎吾の旦那は思っていないだろうから、下手をすると斬られるかもしれないぞ。困ったちきしょう、どうしろってんだ」

あれこれ心配して迷ったが、結局伝吉は、慎吾のいいつけを守り、見張りを続けた。

その頃慎吾は、作彦と二人で深川の洲崎《すさき》弁天社近くの木場に来ていた。

木場では人足たちが働いていたので、頭領のところに行って十手を見せ、事がすむまで木場から出てくれるよう頼んだ。

頭領は渋っていたが、偉ぶるでもない慎吾の人柄に負けて、

「しょうがねえな」

困りながらも、別の場所にある木場に仕事の場を移してくれた。

人っ子一人いなくなった木場の中で、慎吾は隠れる場所を探した。

柵に立てかけられた材木があり、裏には人が入れる隙間がある。

「作彦、ここに隠れるぞ」

二人は材木の裏に入り、身を潜めた。

製材されたばかりの材木は檜《ひのき》らしく、いい香りがする。

鳶《とんび》が鳴く声がしたので、材木の隙間から空を見上げると、青空の中を、一羽の鳶が優雅に飛んでいた。

「何もなければ、今日は気持ちがいい日だったろうな」

「まったくです」

「悪いことをする奴は、どんな気分でこの空を見ているんだろうな」

「さあ、見ていないんじゃないですかね」

空を見上げる作彦が、気だるそうに言って大あくびをした。浜屋で休んだが、まだ寝たりないのだ。

待つこと半刻（約一時間）。柵にもたれかかった作彦は、うとうとと舟をこいでいる。

そこへ、約束を果たした英助がやって来た。

「旦那、来ました」

作彦に言われて見ると、誰もいない木場を不安げに見回している英助がいた。

「英助、英助」

慎吾が声をかけ、手だけを出して手招きした。

「旦那、そこですかい」

安堵した様子で走ってくる英助を、

「そこで止まれ」

声が届く場所で立たせた。

「どうだ、うまくいったか」

「しっかり脅しておきやしたんで、必ず来ますぜ」

「気付かれていないか」

「あの様子では。それに、会ってたのはここでしたから、疑っちゃあいねぇでしょう」

「よし、金を受け取ったら出るからな。気付かれぬよう、しっかりやれ」

「へい」

海風に吹かれて肌寒いのか、それとも緊張で震えているのか、英助は落ち着かぬ様子でしきりに腕を擦り、足踏みをしている。

さらに半刻ほど待っただろうか、身体を揺すりながら木場の入り口を見ていた英助の動きが止まった。

「おせえじゃねえか！」

英助は咳ばらいをして、手を腰に当てて胸を張り、胴間声をあげた。

二

とぼとぼと重い足取りで木場に入った喜兵衛が、待ちわびたとごねる英助の元へ歩み寄ると、背後の浪人者が英助の左右に回り、挟み込むように立った。

跡をつけて来た伝吉が、物陰に隠れて見ている。

「先生方、物騒な真似はなしですぜ」

英助が鋭い口調で言うと、浪人は恐ろしげな顔で腕組みをした。

喜兵衛が穏やかな笑みを浮かべて近づく。

「英助さん、権吉の旦那に言ってくれないか」

「何を」

「悪いけどね、わたしにはもう、あなた方に払うお金なんて、びた一文もないんだよ」

「なんだと！　おい、どうなるか覚悟して言ってるんだろうな」

「ええ、わかっていますとも。だからもう、終わりにしますよ」

英助は、左右の浪人たちを見て後ずさりした。

「お、終わりにするとは、そりゃおめえ、どういうこった。まさか先生方、喜兵衛にいくらもらったんだ。権吉を裏切るのか」

二人の浪人は黙っている。

喜兵衛が笑って首を横に振る。

「そんな金はないと言ったでしょう。脅されて暮らすのは、もうこりごりだ。これから番屋に行って、洗いざらい話すつもりです」

「そりゃおめえ、あれか、自訴するってことかい」

「ええ。だからもう、終わりにしてください。あなた方のことは、黙っていますから」

　すると、浪人たちが喜兵衛に向いた。

「そうはさせぬぞ」

　細身の浪人が言い、刀の柄に手をかけた。

「そうだ。自訴など許さぬ」

　体格がいい浪人が言うと、喜兵衛は神妙な顔をした。

　英助が口を挟む。

「先生方、もう終わりだ。ばっさり斬ったところで、どうにもなりゃしねぇですぜ」

「黙れ英助」

　抜刀した細身の浪人から切先を向けられた英助は、息を呑んだ。

「な、何しやがる」

「こうなった時は、二人とも消せと権吉から言われているのだ。悪く思うな」

刀を振り上げた時、細身の浪人に向けて小柄《こづか》が投げられた。

気付いた細身の浪人が刀でたたき落とし、

「何奴だ！」

怒鳴ったが、材木の裏から出た慎吾を見て目を丸くした。

「町方が、どうしてここにいる」

「悪事を暴くために決まっているだろう。言っておくが、お前らが言っていた権吉なら、おれがしょっ引いたぞ」

「何！」

細身の浪人は動揺し、英助を睨んだ。

「貴様、裏切ったな！」

刀を振り上げようとしたが、

「おい！」

慎吾が大喝すると、細身の浪人は警戒して下がった。

英助を作彦にまかせた慎吾は、浪人どもに歩みを進める。

「あきらめて刀を捨てろ」

「ふん、何を言うか」

慎吾は答えた細身の浪人を睨み、喜兵衛に目を向ける。

「こいつらに、自訴しないよう見張られていたのか」

「そ、それは」

「正直に言うことだな。お前のことは、英助から聞いてるんだ」

「………」

黙る喜兵衛の前に出た二人の浪人が、憎々しい顔を英助に向けた。

「貴様、許さん」

「がたがたぬかすんじゃねえ！」

慎吾が怒鳴り、色めき立つ浪人を睨んだ。

「おれの話が終わるまで、そこで大人しくしていろ」

浪人たちは顔を見合わせて、鼻で笑った。

「町方風情が何をぬかしおる。知ったところで無駄だ、ここから生きて帰さぬからな」

慎吾は、細身の浪人に厳しい目を向ける。

「どうあっても手向かいするのか」

「我らはこれまで、何人もの剣客を斬り捨ててきた。町人を相手に偉ぶる町方を斬ることなど、造作もないことだ」

二人はこれまでとは違った目つきとなり、

「怨みはないが、死んでもらう」

細身の浪人が言い、前に出て正眼《せいがん》に構えた。

体格がいい浪人は抜刀術を遣うらしく、腰に差した朱塗りの鞘を左手でにぎり、斜めに寝かせて腰を低くした。

抜刀術を遣う方ができる。

慎吾は瞬時に見極め、間合いを取って英助を守る位置に立ち、対峙《たいじ》する。

「大人しく縛につく気はないか」

二人は返事の代わりに、前に出て間合いを詰めた。

英助がこっそり逃げようとすると、正眼に構えていた細身の浪人がそちらに走り、前を塞いで切先を向ける。

英助は気迫に腰を抜かして尻餅をつき、

「たた、助けてくれ」

足をじたばたさせて下がり、作彦の後ろに隠れた。

作彦は、腰から鉤縄《かぎなわ》を外して細身の浪人に投げた。

着物に引っかかればすぐさま引き寄せて動きを鈍らせ、慎吾の手助けをしようと考えての行動だ。

だが、細身の浪人は鋭く刀を一閃し、縄を切った。

それを機に、場の空気が一変する。

細身の浪人が慎吾に迫り、

「きぇぇい！」

気合をかけて斬りかかった。

十手で刃を弾き返した慎吾が、肩からぶつかって相手を突き放す。それを隙と見た体格がいい浪人が迫り、朱鞘から抜刀しざまに、一文字に振るう。

抜刀術の刃風を感じながら一撃をかわした慎吾であったが、返す刀で打ち下ろされた二の太刀をかわして飛びすさった時、つっ、と一筋、赤い筋が頬に走った。

皮一枚切られたが、慎吾の表情に動揺はない。むしろ鼻で笑ったように、相手からは見えたはずだ。

「なかなかやるな」

慎吾の言葉に、浪人どもは間合いを空けた。

「ふん、強がっているようだが、次は逃さぬ」

細身の浪人が言い、体格がいい浪人は刀を鞘に納めて下がった。

十手を帯に差した慎吾は、大刀の鯉口《こいぐち》を切って抜刀し、正眼に構えた。

細身の浪人が、じりじりと間合いを詰めて来るや、

「えぇぇい！」

下段から斬り上げ、慎吾がかわすやいなや、返す刀で激しく打ち下ろす。

慎吾が右に足を運んでかわすと、細身の浪人は迫り、

「おう！」

裂帛《れっぱく》の気合をかけ、続けざまに刀を打ち下ろす。

凄《すさ》まじい攻撃だが、慎吾は太刀筋を見切って軽く受け流すように刀を操り、全てを受け止めた。そして、繰り返される攻撃の中に生じた一瞬の隙を突き、相手の刀を受け流して下へ押し付けると同時に、顔面に肘鉄《ひじてつ》を入れた。

「ふぐ」

奇妙な声をあげた細身の浪人が、鼻を押さえて下がった。鼻頭が折れたらしく、指の間から鮮血がしたたる。

激痛で刀を構えることができぬのか、右手でにぎる刀の切先を向けながら、さらに後退した。

入れ替わりに、体格がいい浪人が出る。

油断なく対峙した慎吾は、正眼に構えた。

「町方にも、少しは遣える者がいたのだな」

浪人は唇に笑みを浮かべているが、眼光は鋭い。

「おい不浄役人、貴様を斬る前に、流派を訊いておこうか」

慎吾は切先を相手の喉に向ける。

「天真一刀流《てんしんいっとう》だ」

「高名な流派だが、不浄役人の貴様のは、どうせ道場剣法であろう。わしには勝てぬと思え」

抜刀術の構えを取る浪人に、慎吾は正眼の構えで対峙する。

間合いを詰めてきた浪人が、抜く手も見せず、右手のみで斬り上げた。

その動きを読んでいた慎吾は刀身で受け止めるやいなや、切先を相手の額に向ける。

殺す気ならば、今ので額は貫かれている。

寸止めされて目を見張った浪人は、下がって間合いを空けた。

対する慎吾は、眉一つ動かさず、正眼に構えている。

それを余裕と取った浪人は、敵意をむき出す。

「おのれ!」

叫び、猛然と斬りかかった。

慎吾は懐に飛び込み、無言の気合と共に刀を振り抜く。

「ぐふっ」

胴を払われた浪人は目を見開き、苦しそうに口を開けて舌を出すと、よろよろと前に歩んだが、うつ伏せに倒れて動かなくなった。

鼻を潰されたほうの浪人は、凄まじい剣を目《ま》の当たりにして怖気《おじけ》づき、慎吾が切先を向けると悲鳴をあげて刀を放り出し、両膝をついて降参した。

慎吾は小さな息を吐いて刀を納め、作彦に命じる。

「こいつらに縄を打て」

すると、降参していた浪人が、うつ伏せに倒れた仲間に、驚いた顔を向けた。

「心配するな、刃は引いてある」

慎吾は刀を抜き、刃のほうを自分の腕に当てて引いて見せた。

お役目の時に帯びている刀は、今のような悪人を捕らえる際に斬り殺さぬために刃を落としてある。しかし、いくら刃が付いていないとはいえ、刀身は鋼だ。強く打ちつければ肩や腕の骨は砕け、頭をたたけば死に至る。

作彦の活で目をさました体格がいい浪人は、腹の激痛に顔をしかめ、呻き声をあげて苦しそうだ。

慎吾はちゃんと手加減している。

浪人二人は木に縛りつけ、英助と喜兵衛を作事小屋の軒下に連れて来た慎吾は、横に寝かされた材木に腰かけ、立たせている二人を交互に見た。

英助はふたたび縄をかけられ、ふて腐れた顔をしている。

同じく縄を打たれた喜兵衛のほうは、すっかり観念したという様子で、呆然《ぼうぜん》と地面を見つめている。

「喜兵衛、これで邪魔者はいなくなった。じっくり話を聞こうか」

「はい」

「回りくどいことはなしだ。訊かれたことには正直に答えろ」

「はい」

慎吾は十手を抜いて、先を向けた。

「竹三を殺めたのは、喜兵衛、お前か」

「そのとおりでございます」

「一人でやったのか」

「はい」

「嘘じゃないだろうな」

「はい。わたしが一人で、竹三を殺しました」

「待ってください！」

女の声がしたので振り向くと、縞模様の着物を着た女が、五六蔵に腕をつかまれて立っていた。

「旦那、遅れて申しわけございません。この者がおくにです」

頭を下げる五六蔵に、慎吾は首を振り、おくにを見た。

「二人に訊くつもりだったが、たった今、喜兵衛が白状した」

するとおくにが、泣きながら必死に訴えた。

「喜兵衛さんは悪くありません。ですから、どうかお解き放ちを」

手を合わせて拝むが、

「喜兵衛は人を殺めたのだ。縄を解くことはできぬ」

慎吾が厳しく言うと、おくには泣き崩れた。

喜兵衛もその場にへたり込み、頭《こうべ》を垂れた。

三

浜屋がある門前仲町の番屋に入ると、五六蔵は慎吾を斬ろうとした浪人二人を突き飛ばすようにして、奥に押し込めた。

喜兵衛とおくに、英助の三人を土間の筵に座らせた慎吾は、座敷に正座し、取調べをはじめた。

本来ならただちに奉行所へ連れて行くところだが、どうも、心のもやもやが取れず、番屋で取り調べることにしたのである。

「おくに、先ほど木場で、喜兵衛は悪くないと申したが、あれはどういう意味だ」

神妙に座っていたおくにが顔を上げた。真剣な色が浮かんでいる。

「竹三が死んだのは、あたしのせいです。お役人様、どうかあたしを牢屋に、いえ、死罪にしてください。喜兵衛さんは悪くないんです。お願いします。どうか、お願いします」

「まあ落ち着け。喜兵衛が悪くないと言うなら、そのわけを教えてくれ」

「喜兵衛さんは、あたしを助けるために、竹三を……」

「そのことなら知っている。お前さん、竹三に酷い目に遭わされていたらしいな」

「違うんです、旦那」

喜兵衛が口を挟んだ。

慎吾は厳しい目を向ける。

「何がどう違うのだ」

「確かに、竹三はおくにさんに暴力を振るっていました。ですが、そのもとを作ったのは、このわたしなのです」

「喜兵衛さん」

「いいんだ、おくに。それがほんとうのことなのだから」

喜兵衛はおくにに優しい笑みを浮かべ、慎吾に神妙な顔を向けてしゃべった。

「あれは、冷たい風が吹く日でした」

その日、おくには、亭主の竹三を仕事に送り出した後に縫い物の内職をすませると、品物を届けに行くために出かけた。その途中で、急に具合が悪くなって道端でうずくまっていたところへ、偶然にも喜兵衛が通りかかり、苦しそうなおくにに声をかけたのだ。

激しい吐き気がするというので、介抱に困った喜兵衛は、とりあえず横にさせてやらねばと思い、目についた茶屋に担ぎ込んだ。

二人は後で気付いたのだが、そこは男女が密かに出会うことで知られる、水茶屋だったのである。

店の者に薬をもらい、部屋で横になっていたおくにの具合が落ち着いたのは、担ぎ込んで一刻半（約三時間）後だった。

安心した喜兵衛は、また具合が悪くなるといけないからと言って、家まで送ってやるために駕籠《かご》を頼んだ。

人目を気にして、表ではなく裏に横付けさせて駕籠に乗せたのだが、運悪く、木場の仕事で町へ出かけていた竹三がそこを通りかかり、喜兵衛に見送られて駕籠に乗り込む女房の姿を見てしまったのだ。

水茶屋の噂を知っていた竹三は、愕然《がくぜん》とした。

恋女房に裏切られたと思い込み、飲めもしない酒を飲むようになり、女房を問い詰める勇気のない己の情けなさに嫌気がさし、やけになって、また深酒をする。そんな日が続くと、竹三は、普段のように優しくしてくれていたおくにの態度が、後ろめたさによるものだと思うようになり、ある日とうとう、酔った勢いのまま手を上げてしまった。

女房を想うがゆえに、喜兵衛とのことをどうしても訊けなかった竹三は、口より先に手を出していた。

後日長屋を訪れた喜兵衛が、顔に青あざをつくっているおくにの様子がおかしいので問い詰めると、亭主に暴力を振るわれていると言い、理由がわからないのだと泣き崩れた。

竹三の思いなど知らぬ喜兵衛は、なんとかおくにを救ってやろうと考えるようになり、長屋を出させ、広尾の寮へ匿《かくま》った。

突然女房がいなくなったことで、竹三の憎悪は増した。

信濃屋に出向いた竹三は、二人が水茶屋から出てくるところを見たと喜兵衛に言い、女房を返せと迫ったのである。

竹三が誤解していることを知った喜兵衛だが、知らなかったとはいえ、男と女が水茶屋に入ったのは確かなこと。

言いわけじみたことは言わずに、女房を殴ったことを罵倒し、返せ返さぬの口論の末、竹三が、返さないなら金を出せと言ったのだ。

亭主に怯え切っているおくにを助けたいと思った喜兵衛は、金で片がつくならと、要求どおりの十両をその場で渡した。

だが、女房を寝取られたと思い込んでいる竹三の憎しみは消えず、要求はこれだけでは終わらなかった。

怪我をした仲間を助け、飲み屋のつけ払いで金を使い果たした竹三は、再び喜兵衛の前に現れ、不義密通の罪を訴えない代わりに、金をよこせと言ったのだ。十両からはじまり、あぶく銭で遊び暮らすようになった竹三の要求は増えていく。喜兵衛はそれでも、黙って金を出していた。

なぜか。

黙って話を聞いていた慎吾は、その三文字が頭に浮かび、問わずにはいられなくなった。

「そんな金を出す前に、なぜ誤解を解かなかった。事情をきちんと話せば、竹三は納得したのではないか」

「このまま離縁してくれたらと、思ったのでございます」

真っ直ぐな目で慎吾を見て言う喜兵衛に、おくにが目を見張った。

「喜兵衛さん」

「すまないおくに。お前が悪いんじゃない、わたしが悪いんだ。わたしは、お前を助けたいと思って広尾に匿ったのだが、気付いた時には、惚れてしまっていたんだよ。そして竹三に、離縁してくれと頼んだんだ。竹三はね、おくにはわたしを好いてくれていると言ったら、悲しい目をして、お前に辛く当たった気持ちを隠さず話してくれたんだ。でも、返せとは言わなかった。三百両よこせば離縁してやると言ったんだよ。いま思えば、おくに、竹三は心底、お前に惚れていたのだね。それなのにわたしは、二人の仲を裂こうとした。許しておくれ」

おくには竹三のことを想ったのか、すすり泣いた。

これ以上おくにに聞かせるのは酷だと思った慎吾は、五六蔵に目配せした。

察した五六蔵が、おくにに歩み寄る。

「外で風に当たろうか」

立たせると、外に連れて出た。

哀《かな》しげな後ろ姿にため息を吐《つ》いた慎吾は、あの日何があったのかを確かめるために、喜兵衛に向き直った。

「金で片がつくはずだったのが、どうして殺めたのだ。おくにが竹三のところに戻るのが怖かったのか」

喜兵衛は慎吾を見た。

「いえ、決してそのような」

「わけを聞かせろ」

「三百両を持って竹三さんの家に行ったら、若い女が飛び出して来まして……」

慎吾は、引き込まれたおいくだと思った。

「それで？」

「ひどく慌てた様子でしたので、何かあったのかと思いながら家の中をのぞいたところ、竹三が、頭から血を流して倒れていたのです。わたしは怖くなって逃げようとしたのですが、呻き声をあげたものですから、声をかけたのでございます」

「待て、長屋の者が、表に男はいなかったと言ったぞ」

「裏から入ったのでございます」

慎吾は、そういうことか、と、膝を打った。

「それで、どうなったんだ」

「わたしの声に気付いた竹三は、突然つかみかかってきたのです。金はいらない、女房を返せと言って、首を絞められました」

酔った上に頭を強く打ち、竹三は正気を失ったとみえる。

殺されると思った喜兵衛は、必死に抗い、手を振り払ったのだが、再び襲われそうになり、咄嗟に、台所の包丁をにぎった。

脅すつもりで刃先を向けたところへ、竹三が体当たりをするようにつかみかかり、偶然にも、包丁が心の臓を貫いてしまったのだ。

「殺すつもりはありませんでした」

喜兵衛が気付いた時には、竹三は仰向けに倒れていたという。

慎吾はため息をついた。

「その後どうした」

「怖くなって、逃げてしまいました。ほんとうに、申しわけございませんでした」

喜兵衛は震えながら詫びた。

「裏から出たのか」

「はい」

「そこを、権吉に見られたというわけだな」

慎吾が言い、英助を睨んだ。

英助は首をすくめて、小さくうなずく。

「それで、権吉にいくら取られた」

訊くと、喜兵衛が涙声で答えた。

「千両ほどで、蔵にはもう、わずかな銭しか残っておりません」

「そうか。間違って人を殺めた者の弱みに付け込んで金をむしり取るなど、畜生にもおとる野郎だ」

慎吾は権吉のしたことに腹を立て、手で膝を打った。

あの晩に、逃げようとする喜兵衛を権吉が止めていたら、思いがけず生じたこととして、片がついていたかもしれないのである。しかし、奉行所が殺しとして扱い、同心である慎吾が探索をして捕らえた以上、喜兵衛は下手人として裁かれるだろう。

英助が、うかがう顔を向けた。

「旦那、あっしはどうなるんで」

「黙れ！」

無性に腹が立った慎吾は、怒鳴りつけた。

四

奉行所では、追捕《ついぶ》された悪人の裁きをする前に、与力によって下調べされるのが通例である。

このため慎吾は、捕らえた喜兵衛たちを連れて奉行所に戻ると、番屋で調べたことを与力の松島宗雄《まつしまむねお》に告げて、引き渡した。

竹三殺しの探索を終えた慎吾は、これより日常の暮らしに戻るのだが、

「まあ、どうしたのです夏木殿、うかない顔をして」

久代の声で、ふと我に返った。

ここがどこであるかを思い出した慎吾は、手に持っている湯飲みを見て、苦笑いをした。

与力への知らせを終えて詰所に戻ろうとしたところを静香に呼び止められ、かすていらがあるというので、茶の誘いに乗ったのであるが、喜兵衛の処分がどうなるのか、気になっていたのだ。

慎吾は同心になって以来、時々ではあるが、久代と静香と三人で、こうして茶を飲む。

自分が奉行の隠し子である真実を知ってからも、久代の誘いを断るわけにはいかずに続けていたのだが、先日、父子の秘密を静香に知られてからは、なるべく避けようと思っていた。

静香は秘密を守ると約束してくれたが、親しく話していると久代に秘密がばれてしまうのではないかと、気を遣ったのである。

ところが、静香はこれまでと変わらぬ態度で、慎吾に一人の同心として接してくれた。

今日も、にこやかに話しかけて、この席へ誘ってくれたのだ。

湯飲みを見つめている慎吾の顔を、静香が探るような目でのぞき込んでくる。

「母上、お忘れですか。慎吾様がこのような顔をされる時は、お役目のことをお考えなのですよ」

静香が顔を上げて言うと、久代も慎吾を見る。

「聞きました。悲しいことがあったそうですね」

慎吾はまた、苦笑いをした。

「殺された竹三も可哀そうですが、喜兵衛も哀れと思いまして。どうにか、罪が軽くならぬものかと考えていたのです」

思うことがあり、久代に詳しく話して聞かせた。

すると久代は、気の毒そうな面持ちをする。

「勘違いからそのような不幸が起きるとは、なんとも悲しいことですね」

「でも母上、二人は夫婦なのに、どうして茶屋のことを訊けなかったのでしょう」

静香が首をかしげて訊くと、久代は言う。

「竹三さんは、真実を知るのが怖かったのでしょうねぇ」

静香は納得していないようだ。

「手を上げて、嫌われてしまうとは思わなかったのでしょうか」

「殿方の中には、不器用で、口より先に手が出てしまう人がいるのです」

「慎吾様も、そうなのですか」

「へ？」

急にふられて、慎吾は言葉がみつからなかった。

「夏木殿に訊いてもだめですよ。好きな人もいないのですから。ねえ」

「は、はあ」

久代にずばりと言われて、慎吾は黙るしかない。

静香が言う。

「わたくしには、解せませぬ。夫婦なのだから、はっきり訊くべきだったのです。そうすれば、今回のようなことはなかったのではないですか」

久代は、薄い笑みを浮かべた。

「一つ屋根の下に暮らす家族と申しても、夫婦というものは、所詮は他人。互いが信じられなくなれば、あいだにできた溝は、どんどん広がっていくものなのです。そなたの父上とて、わたくしに隠しごとがあるやもしれませぬ」

慎吾は動揺した。

気付いた久代が顔を向ける。

「夏木殿、喉にかすていらが詰まったのですか」

「い、いいえ」

「母上が、父上が隠しごとをされているなんて変なことをおっしゃるからです。ねえ、慎吾様」

「あら、たとえばの話ですよ。わたくしは殿を信じていますから」

久代は笑みを浮かべ、茶を飲んだ。

笑みの中に棘があるのを感じて、慎吾と静香は、密かに目を合わせた。

何があっても、秘密は言えぬ。

二人はそう思い、うなずき合う。

「なんです？　二人で見つめ合って」

久代に言われて、慎吾は慌てた。

「とにかく、こたびのことは、そのようなことでして、勘違いから起きた不幸な出来事なのですが、やはり喜兵衛が哀れと思い、御奉行の御慈悲をもって、罪が軽くなるとよいのですが」

「父上に頼んでみましょうか」

「これ静香、おなごの出る幕ではありませんよ」

「ですが母上、慎吾様がこうおっしゃっているのですから、静香はお力になりたいのです」

「まあまあ、正直だこと」

「はい？」

「あなたは幼い頃から夏木殿が好きでしたからね」

「母上、何を仰せです」

「照れなくてもよいではありませんか。二人が夫婦になればよいと、母は常々思っているのですよ」

唐突に言われて、静香は唖然としている。

慎吾は、そんな静香を見て言葉もない。

「ほほほほ、お二人とも顔を赤くして、可愛いこと」

赤いよりむしろ青いのだが、久代は嬉しそうに笑う。

ふと気配を感じて眼差しを転じると、廊下の角に隠れている榊原忠之と目が合った。不安そうな顔をしているのは、久代の言葉を聞いたからだろう。

腹違いの兄妹だと久代が知った時のことを思うと、ぞっとする慎吾であった。

その数日後。

北町奉行所の御白州では、奉行の忠之が竹三殺しの吟味をした。

白州に引き出されている喜兵衛をはじめ、権吉、英助、佐賀町の茶屋で、慎吾に匕首《あいくち》を向けた手下が二人、慎吾を斬ろうとした二人の浪人、そして、女房のおくにと、おいくが呼び出され、神妙に正座している。

吟味方与力が事件の詳細を読み、これに対して異論がなければ、軽い刑罰ならば忠之がその場で言い渡す。

だが、死刑などの重罰は、一旦御白州を閉じ、罪人を牢屋敷へ送り返す。そして老中の裁可を待ち、後日に使いの者を差し向けて、罰を言い渡すのである。

竹三殺しの御白州が終わった数日後の夜、慎吾は忠之から呼び出しを受けた。

親子が密かに酒を酌み交わすのに使う本湊町《ほんみなとちょう》の舟宿、丸竹《まるたけ》に行くと、女将に案内されて二階の座敷へ上がった。

料理が評判の丸竹は、誰もが入れるかといえばそうではなく、女将が認めた者しか入れてもらえない。

この時季に食べさせる鯛料理を求めて、どの座敷にも客が入っているようだ。

大川の河口が一望できるこの部屋は、忠之のお気に入りだ。

先に到着していた忠之は、いつものように供の者も連れずに、無地の灰色の着流し姿でくつろいでいた。

慎吾があいさつをすると、

「堅苦しいのはなしだ。お前もやれ」

盃を渡し、陶器の火鉢にかけていた湯からちろりを取り、注いでくれた。

一息に盃を空けて返し、酒を注ぐと、慎吾はあらたまって両手をついた。

「御奉行……」

「ここでは父と呼べ」

「はは、父上」

「うむ」

「信濃屋喜兵衛の寛大なるお裁き、さすがでございます」

「ふん、よう言いおるわ」

「は？」

渋い顔で盃をあおった忠之が、

「慎吾、こたびは許すが、次からは、事件のことを奥と静香に申してはならぬぞ」

釘《くぎ》を刺した。

「何か、不都合がございましたか」

「あった」

ふてぶてしく忠之が言い、盃を差し出した。

慎吾が酒を注ぐと、

「静香の奴め、喜兵衛の罪を軽くせねば、お前のことを奥に告げると言いおった」

睨むように言い、口をゆがめる。

慎吾は恐縮した。

「では、喜兵衛の終身遠島は、静香殿に言われてのお裁きでありましたか」

静香の脅しが効いたおかげで、喜兵衛は死罪を免れて終身遠島となり、捕縛を手伝ったことを認められた英助は百たたきののちに放免。おいくは、お咎めなしとあいなった。

人の弱みに付け込んだ権吉と二人の手下はふとどき者とされ、江戸追放のうえ闕《けつ》所《しょ》が言い渡された。また、権吉に雇われ、慎吾を斬ろうとした浪人の二人は、金で人を殺めていた過去が発覚し、両名とも厳しい沙汰がくだり、斬首となった。

「嬉しそうな顔をしおってからに、わしの身にもなってみい」

「これは、御愁傷様で」

「なんじゃと！」

「いえ……」

慎吾は下を向いてほくそ笑むと、真面目な顔を上げた。

「しかし、巷《ちまた》ではこたびのお裁きを賞賛する声が多く、父上の評判がますます上がっております。良かったではありませんか」

「こいつ、調子のいいことを言いおって」

まんざらでもなさそうに、忠之が鼻をかいた。

厳しいことで知られていた忠之の裁きが、この頃から人情味にあふれるものに変わり、名奉行として町人から慕われるようになるのであるが、これに家族の事情が絡んでいたことは、むろん記録に残っていない。

「心配御無用でございますぞ父上。わたしのことは、決して、奥方様の耳には入れません」

「そうか、うん」

忠之は酒を舐め、ひとつ息を吐いた。

「お前には、悪いと思うている」

「気になさらないでください。わたしは今の暮らしに満足しておりますし、奥方様にも、良くしていただいておりますから」

慎吾は酌をして、含み笑いをした。静香に脅された時の父の顔を、想像したのだ。

忠之が不思議そうな顔をする。

「なんじゃ」

「いえ、こちらのことで。ささ、ぐっとお空けください」

忠之は言われるまま酒を飲み、盃を渡した。

「お前も飲め」

「いただきます」

父と酒を酌み交わして過ごすのは、ほんのひと時。それでも親の温《ぬく》もりを感じる慎吾の気持ちは、十分に安らぐのだった。

「父上」

「うむ」

「ささ、もう一杯」

あとがき

佐々木裕一

読者の皆様、数多くある書籍の中から拙著をお選びくださり、そして最後までお読みくださり、ありがとうございます。

「春風同心」シリーズを再始動する機会をいただき、第一巻から手を加えました。

正直、このシリーズには思い残すところがありました。もっと明るく、楽しい物語にできたはず。シリーズ第五巻で完結をした日から六年が過ぎた今でも、そう考えていたのです。

そんな時に、小学館さんからお声がけいただきました。

「春風同心」をもう一度書きたい。そうお願いしましたところ快諾いただき、このたびの運びとなったわけです。

特に五巻は、ほぼ書き直すつもりでいます。まったく違った「春風同心」シリーズになりますから、どうぞ、最後までお付き合いください。今の力をすべて注ぎ込み、夏木慎吾と、慎吾の仲間たちの家族の喜怒哀楽を描き、長く楽しんでいただける物語にします。

刊行が待ち遠しい。そんなお声がいただけるよう、精進してまいります。

二〇二〇年一〇月

本書のプロフィール

本書は、二〇一一年十月徳間文庫から刊行された『春風同心家族日記』を改題、大幅に加筆修正したものです。